한국에는 몇 번이고 갔었습니다.
평소에도 매우 좋아하는 한식을 본고.
장에서 먹어보니, 너무나도 매워서 깜
짝놀랐습니다.

이리도 가깝지만 전혀 다른 일본과한국.

특히 여성들의 사고방식이나 무브먼
트에는 항상 놀라게 되며, 힘을 얻고
있습니다.

좋아하는 나라의 언어로 이 책을 출판
할 수 있으매 기쁘게 생각합니다.

후지사키 사오리

독서 간주문

독서 간주문

読書間奏文

후지사키 사오리 지음

이소담 옮김

차례

책에 대해서 — 머리말을 대신해　　　　007

강아지의 산책　　　　013

피부와 마음　　　　023

만약 우리의 언어가 위스키라고 한다면　　　　033

퍼레이드　　　　045

양과 강철의 숲　　　　055

편의점 인간　　　　067

임신 캘린더　　　　075

불꽃　　　　083

나는 공부를 못해　　　　095

사라바　　　　105

꽃벌레　　　　115

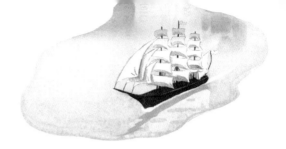

꿈의 무대, 부도칸   123

시하가 있는 거리   131

악동 일기   139

텅 빈 병   147

페미니즘 비평   153

여름밤   161

혼자의 시간   171

맺음말   177

옮긴이의 말   181

출처   186

각 장에서 소개한 작품   187

일러두기

· 본문의 주석은 모두 옮긴이 주이다.

· 본문에서 언급하는 작품이 국내에 출간되었을 경우, 일부 예외를 제외하고 한국어판 제목에 따라 표기했다. 단, 인용 구절들은 이 책의 옮긴이가 우리말로 직접 옮겼다.

· 장편이나 소설집을 비롯해 단행본으로 출간된 책은 『 』, 단편과 장章은 「 」, 곡과 영화는 〈 〉, 잡지는 《 》로 구분해 표기했다.

초등학교 시절, 쉬는 시간이 되면 항상 도서실에 갔다.

수업 종료를 알리는 종이 울리면, 반에서 특히 목소리가 큰 학생들은 공을 들고 운동장으로 뛰어간다.

교실에는 가방에서 포켓몬스터 카드를 꺼내 대결하려고 책상을 맞대는 남학생들, 수첩을 펼쳐 소장한 스티커를 자랑하며 보여주는 여학생들이 있다.

동그랗게 모인 그들 옆을 빠져나와 나는 복도를, 계단을, 화장실 앞을 지나간다.

바쁜 걸음으로 걸으면 다른 학생들 눈에는 고고한 문학소녀처럼 보일 것 같다. 쟤는 맨날 책을 읽더라. 그렇게 소곤거리는 상상을 하며, 붉은 선이 들어간 실내화를 신은 발끝에 힘을 주고 숨죽여 걷는다.

도서실에는 보통 아무도 없다. 드르륵 소리를 내며 미닫이 문을 열면, 안은 고요하고 오래된 나무 냄새가 난다. 벽에 붙어 있는 색색의 도화지. 빛이 바랜 분홍색 도화지에 『모모』의 소개글이 적혀 있다.

창밖으로 주택 지대가 보인다. 낮의 주택가는 아무도 살지 않는 것처럼 보여서 괜히 불안하다.

나는 책장에서 책을 한 권 꺼내 구석에 놓인 의자에 앉는다. 책등이 딱딱하고 두꺼운 책. 내용이 어려워 보이는 책이라도, 삽화라곤 하나도 없는 책이라도 상관없다.

책을 두 손으로 들고, 첫 페이지가 아니라 중간쯤을 활짝 펼친다. 내용은 뭐든 좋다. 여름방학에 시체를 찾으러 가는 이야기도 좋고 악마와 친해지는 이야기도 좋다. 나는 의식이라도 치르는 것처럼 느리게 호흡하며 책 속에 숨을 듯이 고개를 파묻는다.

여기까지가 늘 견딜 수 있는 한계였다.

나는 도서실에서 울었다. 내게 책이란 우는 모습을 감추는 벽이었다.

도서실에 있는 이유는, 친구를 사귀지 못해 외톨이로 있는 내가 비참했기 때문이다. 아무와도 어울려 놀지 못하는 내가 창피해서 남의 눈에 띄기 싫었기 때문이다.

나는 학교생활에 적응하지 못하는 아이였다. 쉬는 시간에 운동장에서 놀자고 말해주는 친구도 없었고, 스티커를 자랑하는 무리에도 끼지 못했다. 그런 나를 책은 폭 감춰주었다.

오래된 종이의 냄새는 누군가의 품에 안긴 듯한 안도감을 준다. 나는 책 안에서 엉엉 오열하는 것처럼 울거나 훌쩍훌쩍 응석을 부리는 것처럼 울었다. 그러다 보면, 언제나 조금씩 숨을 깊이 들이마실 수 있게 된다.

체육 시간에 팀을 정하다가 나 혼자 남은 날도, 청소 시간에 내 책상만 아무도 옮겨주지 않은 날도, 질식할 듯한 호흡을 도서실에서 되찾는다.

나는 괜찮아.

그렇게 외치며 한바탕 운 뒤, 나는 문학소녀다운 얼굴을 하고 다시 교실로 돌아간다.

'혼자 있어도 아무렇지 않아. 왜냐하면 내게는 책이 있으니까.'

그런 얼굴을 하고서.

단순한 벽이었던 책의 페이지를 한 장 두 장 넘기기 시작한 것은, 나를 지키기 위해 연기했던 문학소녀가 정말로 되면 좋겠다고 생각했기 때문이다.

괴롭힘당하기 싫으니까 헤실거리며 웃는 건 시시해, 이렇게 말하며 혼자 책을 읽는 소녀. 다른 사람의 의견에 흔들리지 않고 자기에게 소중한 것을 소중히 여길 수 있는 강한 소녀가.

그저 연기했을 뿐인 가짜 문학소녀가 나를 깨우쳐주었다.

"네게는 이렇게 멋진 책이 있잖니?"

날마다 넘어가는 책의 페이지가 늘어갔다.

연인과 헤어졌을 때는 울면서 페이지를 넘겼다. 내 몸의 조각이 몇 개쯤 부족한 기분이 들어도, 잃어버린 온기가 그리워서 눈물이 멈추지 않아도, 책은 느긋하게 생각할 만큼의 시간을 주었다.

친구와 사이가 틀어졌을 때도 어떻게 하면 좋을지 책이 가르쳐주었다.

'그런 애랑은 다시는 말도 하기 싫어'라고 생각해도, '절대로 나는 잘못한 거 없어'라고 생각해도, 책을 읽으면 파도가 밀려나가는 것처럼 차분해져서 나의 말을 찾을 수 있었다.

잠이 오지 않는 밤에도 책을 읽었다. 책 속에도 잠을 이루지 못하는 사람은 많았다. 두근거려서 잠들지 못하는 사람. 신경질적이어서 잠들지 못하는 사람. 같은 집에 사는 동거인의 잠꼬대가 시끄러워서 잠들지 못하는 사람.

어떤 이유라도 잠들지 못하는 사람의 이야기는 좋았다. 잠들지 못하는 사람이 나뿐만이 아니라고 생각하다 보면 어느새 꾸벅꾸벅 졸음이 몰려왔다.

울었던 때도 고민했던 때도 잠들지 못했던 때도, 책은 늘 곁에 있어주었다.

그러니 이 책을 선택한 여러분 곁에도 책이 있어주기를 바란다.

내 인생을 책이 지켜준 것처럼.

강아지의 산책

빈곤함의 맛을 안다.

데뷔하기 전에 SEKAI NO OWARI는 정말이지 빈곤했다.

얼마나 빈곤했는지 말해보면, 페트병에 든 생수를 사는 친구를 질투해서 "걔는 부모님 돈으로 생활하는 게 뻔해"라고 험담할 정도로 빈곤했다.

뮤지션이 되려면 돈이 든다. 악기 비용, 스튜디오 비용 등등. 특히 라이브 출연 비용에는 어느 뮤지션이나 골치가 아팠을 것이다.

게다가 우리는 라이브하우스를 우리 손으로 만들었다. 무대를 만들기 위한 목재 비용, 펜스를 만들기 위한 철재 비용, 조명 기구와 음향에 드는 설비 비용 등을 전부 합치면 수백만 엔에 이르는 빚이었다.

그때 고작 스무 살이었는데 나는 대학에 다니며 건실하게 아르바이트를 해 어떻게든 매달 빚을 갚는 삶을 살아야 했다. 학생에게 피아노를 가르치는 아르바이트부터 샤부샤부 가게의 종업원, 술집 조리 담당, 심지어는 약 임상 실험에 지원하기도 했다.

돈을 벌 수 있다면 어떤 아르바이트라도 좋았다. 빚에 내몰리면서 나는 빈곤 시절을 헤쳐 나왔다.

몇 탕씩 아르바이트를 뛰다 보니 돈에 대한 가치관이 저절로 생겼다.

예를 들어 성년식의 술자리 회비가 3천 엔이라는 소리를 들었을 때.

친구들과 만나고는 싶은데 3천 엔이면 내 3시간 시급이다.

술자리에 3천 엔을 쓰면, 빚을 갚기 위해 아르바이트를 3시간 늘려야 한다. 아르바이트 시간을 늘리면, 이번에는 밴드 연습을 할 시간이 사라진다. 몸을 갈아가며 아르바이트하는 것은 밴드 활동을 위해서지 친구들과 술을 마시기 위해서가 아니다.

나는 어쩔 수 없이 친구들 모임에 가는 것을 포기하고 성년식 날에도 아르바이트를 하러 갔다.

밴드와 아르바이트, 거기에 대학교까지 겹쳐 불규칙한 생활을 이어간 탓에 피부가 엉망이 됐을 때도 그랬다.

엄마는 내 뺨에 수두룩하게 생긴 여드름을 보자마자 비명을 질렀다.

"병원에 가야지!"

나도 내 뺨에 난 여드름이 피부과에 가야 할 정도로 심각한 줄 알고는 있었다.

그렇지만 그럴 돈이 없다.

"돈이 없어서……."

간접적으로 돈을 달라고 요구하는 내 말을 듣고 엄마는 한숨을 쉬며 가방에서 지갑을 꺼냈다. 5천 엔 지폐를 한 장 꺼내 내게 건넸다.

"이걸로 꼭 피부과에 가야 한다."

나는 오랜만에 본 5천 엔짜리 지폐에 손이 떨렸다.

이걸로 무대용 목재를 살 수 있어!

곧바로 그런 이미지가 머릿속을 둥둥 떠다녔다.

내가 도대체 무슨 생각을 하는 거야. 엄마가 딸의 얼굴을 위해 모처럼 준 5천 엔이니까 목재 같은 데에 쓰면 안 된다. 게다가 병원에 가지 않아서 여드름이 계속 낫지 않는다면, 조만간 엄마도 알아차릴 것이다.

나는 이 5천 엔으로 피부과에 가야만 한다!

그런데도 머릿속에서 무대의 이미지가 사라지지 않았다.

무대 위에 올라가 멤버가 연주하는 모습. 관객이 이쪽을 향해 손을 번쩍 드는 미래……

5천 엔의 냄새는 그런 영상을 상상하게 해줬다.

결국 나는 곧장 가게로 달려갔다. 그렇게 5천 엔을 목재로 바꾸고 말았다.

빈곤하다는 것은 매번 취사선택의 갈림길에 서게 되는 것이다.

친구냐 음악이냐. 현재냐 미래냐.

나는 친구들과의 술자리를 단념하고 밴드의 시간을 선택했다.

여드름 치료를 포기하고 라이브하우스를 만들었다.

어떤 것을 버리는 행위는 동시에 무엇을 소중히 여기는지를 또렷하게 보여준다. 그 말은 곧 소중한 것을 소중하게 여길 수 있다는 뜻이다.

대학 시절, 같은 동아리에 매일 소고기덮밥만 먹는 선배가 있었어요. 그 선배는 소고기덮밥을 워낙 좋아해서, 세상만사를 뭐든지 다 소고기덮밥으로 치환해서 생각하곤 했죠. 그 당시 소고기덮밥 한 그릇이 400엔 정도였나. 예를 들어 영화 요금이 1,600엔이면 나는 비싼지 싼지 잘 모르는데, 그 선배에게는 아주 확실했어요. 1,600엔이 있으면 소고기덮밥을 네 그릇 먹을 수 있다, 그러니까 그건 비싼 거라고요. 어지간히 재미있는 영화가 아닌 이상 소고기덮밥 네 그릇분의 가치는 없다는 거예요. 다 같이 쇼핑하러 가서, 티셔츠 한 장을 살지 말지 망설일 때도 선배의 기준은 역시 소고기덮밥이었어요. 3천 엔짜리 티셔츠를 살 돈이 있으면 소고기덮밥을 일곱 그릇 먹을 수 있다, 일곱 그릇분의 소고기덮밥을 희생할 만큼의 가치가 그 티셔츠에 있는가, 선배는 늘 이렇게 진지하게 소고기덮밥을 통해 세계를 파악했어요.

모리 에토, 「강아지의 산책」에서

나의 '소고기덮밥'은 다름 아닌 동료와 만든 라이브하우스였다.

'라이브하우스'라는 기준이 생기자 각종 유혹에서 해방됐다.

친구, 술자리, 동아리, 연인, 여행, 피부 관리, 꾸미기…… 각양각색의 유혹을 끊어내는 일에 주저하지 않게 된다.

3천 엔이 있으면, 5천 엔이 있으면.

그다음에 이어지는 말은 늘 라이브하우스 짓기로 이어졌다. 그 시절은 참 하루하루가 충실했다. 아주 잠깐이라도 무의미한 시간이 없었고, 내 생활의 중심은 라이브하우스를 축으로 삼아 돌아갔다.

흔들릴 리 없다고 믿었던 그 축이 어긋난 것은 아이러니하게도 데뷔가 계기였다.

밴드가 궤도에 오르자, 차츰차츰 돈이 들어오기 시작했다.

마지막 전철을 놓치면 택시를 탈 수 있고, 나이 어린 스태프에게 밥을 사줄 수도 있다.

대부호가 된 건 아니지만, 제대로 챙겨 먹지 못해 피부가 말썽을 부려 피부과에 가도 악기 비용을 감당하지 못하는 일은 없다.

취사선택할 필요성이 사라졌다.

지금까지는 어느 한쪽만 가질 수 있었는데 지금은 전부 가질 수 있다.

한편으로 내 마음속에 있었던 '소고기덮밥'이 사라지고 말았다.

3천 엔의 가치는?

5천 엔의 가치는?

3천 엔이 있으면, 5천 엔이 있으면 할 수 있는 일이라는 가치 기준은 빛을 잃었다.

지금 5천 엔을 받아도 무대를 만들 수 있다는 생각은 안 하겠지. 지금 5천 엔 지폐의 질감을 손으로 느껴도 무대 위에서 멤버가 연주하는 모습을 상상하지는 않겠지.

나는 내 지갑을 살펴보며 지금 나의 기준을 찾아보았다. 그러나 좀처럼 찾을 수 없었다.

그러던 어느 날, 인터넷을 하다가 갑자기 튀어나온 광고가 내 시선을 사로잡았다.

차일드펀드재팬.

검은자가 큼지막한 여자아이와 눈이 마주쳤다. 이쪽을 보며 사랑스럽게 웃고 있다. 여자아이 옆에는 커다랗게 '당신이 여는 아이의 미래'라고 적혀 있었다. 인터넷을 통해 불우한 아이들에게 경제적인 원조를 할 수 있는 시스템인가 보다. 나는 이 완벽한 타이밍에 운명을 느껴 홈페이지에 접속했다.

알아보니 한 달에 4천 엔으로 '결연'을 맺을 수 있다고 한다.

홈페이지를 살펴보는데 이상하게 심장이 쿵쿵 빠르게 뛰며 "이거야!" 하고 내게 정답을 알려주는 목소리가 들리는 것 같왔다.

나는 곧바로 차일드펀드재팬에 가입했다. 매달 두 명을 지원하고 싶다고 연락하자 이런 답변이 돌아왔다.

"네팔 대지진으로 학교에 가지 못하게 된 아이들을 지원해주시면 어떨까요?"

네팔에 관해서는 아무것도 몰랐는데, 찾아보니 아주 큰 지진이 발생해서 수많은 아이들이 평범한 일상을 살지 못한다는 것을 알았다.

왠지 이 인연이 내 인생에서 아주 중요한 역할을 하리라는 직감이 들었다.

이런 지원 활동에는 늘 찬성과 반대 의견이 따라온다. 그래도 나는 이 인연을 저버릴 이유를 찾지 못했다. 저버릴 이유가 없으니까 해보자. 이유는 그걸로 충분했다.

나는 곧바로 8천 엔을 입금해 네팔에 사는 두 아이와 '결연'을 맺었다. 그러자 갑자기 내 안에 스르륵 축이 생기는 느낌이 있었다.

8천 엔이 있으면, 두 아이를 학교에 보내줄 수 있다.

8천 엔이 있으면, 두 아이와 '결연'을 맺을 수 있다.

8천 엔이 있으면.

8천 엔은 점차 내 가치 기준이 됐다.

그때까지 흔들리기만 했던 하루하루가 갑자기 이상하게, 말하자면 신뢰할 만한 것이라고 생각하게 됐어요. 세계를…… 그보다는 나 자신을, 조금은 믿을 수 있게 됐다고 하면 좋을까요.

「강아지의 산책」에서

'결연'을 맺고 반년 후, 네팔 아이들에게서 꽃 그림을 그린 편지가 도착했다. 그로부터 1년 후에는 아이들에게서 좋아하는 선생님의 이름을 적은 편지가 도착했다.

편지가 하나둘 늘어나자, 차츰차츰 성장하는 아이들의 모습을 어른이 될 때까지 지켜보고 싶다는 생각이 들었다.

마음속 '소고기덮밥'이 언제나 행복의 맛을 가르쳐주는 덕분이다.

피부와 마음

여자라는 것에서 도망쳤던 시기가 있다.

스무 살이 된 무렵부터 젊은 여자는 아름다워야 하는 법이라고, 누구나 대놓고 말하지 않더라도 당연하게 여기는 느낌을 받았다.

잡지를 읽어도 텔레비전을 틀어도, 젊은 여자라면 아름다움을 추구하는 것이 정의라는 듯 취급했다.

누가 대놓고 "너는 젊은 여자면서 못생겼네"라고 말하지는 않았다. 그러나 공부를 잘해도 피아노를 칠 줄 알아도 감히 대적할 수 없을 만큼 아름다움은 강력한 힘을 지녔다.

그런 압력 때문인지 아니면 원래 그런 성격인지는 잘 모르겠으나, 성인이 됐을 때는 여자와 관련한 모든 것이 불편했다.

머리에 웨이브를 넣거나 네일아트를 하고, 긴 속눈썹과 새까만 아이라인을 자기 얼굴의 일부로 당당하게 여기는 여자를 보면, 아름다워지려고 노력하지 않는 내가 손가락질받는 기분이었다.

그렇지만 내가 나비 같은 인조 속눈썹을 달고 날갯짓하듯이 눈을 깜박이며 미소 짓는 모습은 도저히 떠올릴 수 없었다.

스무 살 먹은 여자라는 이유만으로 그 여자들처럼 아름다워지기를 강요받으면, 나는 구멍 뚫린 청바지와 지저분한 운동화를 신고 그 자리에서 냅다 도망치고 싶었다.

나는 아름다워지고 싶지 않아요.

그렇게 선언하고 백기를 흔들며 항복하고 싶었다. 그런데도 여자이기 때문에 이 세상은 당연하다는 듯이 내 생활 속에 침입해 "여자는 아름다워야 해!"라며 채찍을 든 교관처럼 이념을 강요한다.

내가 고개를 푹 숙이고 못 하겠다고 하면, 교관은 매섭게 채찍질하며 고압적으로 말한다.

"무슨 소리야, 젊은 여자잖아!"

그런 귀신 같은 교관이 훈련한 군대에 내가 섞여 들어가봤자 엉망진창으로 얻어맞아 혼자 비참하게 나동그라지겠지.

젊다는 이유로 전쟁터에 끌려간 허약한 소년처럼, 나는 여자라는 전쟁터에서 최대한 싸우지 않아도 될 곳을 찾았다.

나를 윽박지르는 무시무시한 교관도, 립스틱을 바른 아름다운 여자도 없는 곳.

그곳은 우연히 소꿉친구가 같이하자고 권유한 밴드였다.

밴드를 시작하고 한동안은 여자로 있을 것이 아니라 여자가 아닐 것을 요구받았다.

여자가 아니게 되는 것은 아름다워지기 위해 노력하지 않는다는 뜻이다. 밴드 활동은 하여간 시간과 돈이 드니까 밴드 이외의 일에 시간과 돈을 쓰면 부도덕한 일이었다.

"외모에 시간과 돈을 들일 여유는 없어."

"그런 건 나중에 어떻게든 될 거야."

"지금은 음악을 만드는 것만 생각하자."

데뷔를 꿈꾸는 멤버들과 섞여 나는 어떤 주문처럼 이 말을 되풀이했다.

남자들뿐인 환경에 여자 하나여도 위화감을 전혀 느끼지 않은 이유는 내가 여자인 것에서 줄곧 도망쳤기 때문이다.

밴드는 점차 내게 기분 좋은 세계가 됐다.

반년은 다듬지 않은 머리카락을 뒤로 묶고, 눈앞에 축 늘어져서 수습이 안 되는 앞머리를 넘기고 피아노와 녹음 기재와 마주했다.

오로지 음악에 몰두하는 멤버들의 모습이 멋졌다. 밴드를 하다 보면 음악에 열중하는 모습이 세상 무엇보다 아름다워 보였다. 남의 시선을 의식하지 않고 오직 음악에 빠져든다.

목욕도 안 하고 일주일 내내 같은 옷을 입어도, 음악을 만들기만 하면 그런 것은 정말 아무래도 좋았다.

나도 그들처럼 목욕도 안 했고 같은 옷만 지겹도록 입었다. 헐렁한 청바지와 낡은 티셔츠. 그런 옷이 몇 벌 있으면 충분했다.

그런 생활을 몇 년간 지속하자 마침내 노력이 결실을 보는 날이 왔다.

내가 속한 밴드 SEKAI NO OWARI가 음악 기획사의 눈에 들어 데뷔하게 된 것이다.

데뷔에 성공한 기쁨도 잠시, 우리는 생소한 세계에 갑작스럽게 뛰어들었다.

첫 촬영, 첫 프로모션 비디오, 첫 텔레비전 방송…….

그런데 사람들 앞에 서게 되자, 지금까지 함께 먹고 자던 멤버들과 나 사이에 스태프들이 그은 또렷한 선이 생겼다.

촬영을 위해 스타일리스트가 가져온 옷은 지금껏 입어본 적 없는 여성스러운 치마였다.

"홍일점이니까요, 귀여운 걸로 골랐어요."

"엇……."

탈의실에서 손을 내밀던 나는 무심코 그 손을 다시 내릴 뻔했다. 나는 머뭇거리며 스타일리스트의 환한 미소에 내몰리는 기분으로 치마를 받았다.

이걸 내가……?

커튼 너머로 잡담하는 멤버들의 목소리가 들리는 가운데, 레이스 달린 천에 쭈뼛거리면서 용기를 내 치마의 구멍 속으로 뛰어들었다.

단숨에 허리까지 올리고, 허리 쪽에 달린 작은 단추를 잠갔다.

평소 노출하지 않는 다리가 공기에 닿았다. 발가벗은 기분이었다.

나는 조심스럽게 거울을 보았다.

거울에 귀여운 치마를 입고 잔뜩 긴장한 내 얼굴이 비쳤다. 안 돼, 하나도 안 어울려. 나는 나를 외면했다.

이런 건 입지 말아야 해. 이런 모습을 보여주기 싫어. 이건 안 돼. 내 꼴이 한심하고 부끄러워서 울음이 터질 것 같았다.

내가 고개를 푹 숙이고 머뭇머뭇 탈의실에서 나오자, 스타일리스트와 멤버들은 예상대로 곤혹스러운 표정을 지었다.

"자, 잘 어울려."

"귀엽다."

당장 치마를 벗어 던질 것 같은 내게 그들이 허둥지둥 말을 늘어놓았다. 그 모습을 견딜 수 없어 나는 아무 말 없이 탈의실로 돌아갔다.

탈의실 커튼 너머로 스태프들의 달래는 목소리를 듣는 그때의 나는 다자이 오사무의 소설집 『여치』에 실린 단편 「피부와 마음」의 주인공과 같았다. 그녀에게는 다정한 말조차 가슴 아프게 들렸다.

그녀는 남편이 용모를 칭찬했을 때의 일을 이렇게 서술한다.

"그이 또한 내 부족한 자신감을 잘 아시는지, 이따금 엉뚱하게 내 얼굴이나 기모노 무늬를 아주 어설프게 칭찬할 때가 있는데, 나는 그이의 연민을 이해하면서도 전혀 기쁘지 않고, 가슴이 답답해지고 애달파서 울고 싶어진답니다."

나는 탈의실을 나눈 커튼 안에서 원래 입었던 청바지에 다리를 넣었다.

청바지가 맨다리에 부드럽게 닿자 이제야 옷을 입은 기분이 들었다.

역시 이게 나다. 안심했다. 아까 그건 내가 아니라고, 치마를 입은 모습을 기억에서 지우려 했다.

그러나 치마를 입은 내 모습이 사진 찍은 것처럼 뇌리에 새겨져 지워지지 않았다.

나는 분명 여자를 버렸을 텐데 치마가 안 어울린다고 왜 이렇게까지 수치스러워할까.

"이런 거 안 어울리는 게 당연하지!"

이렇게 호탕하게 치워버리지 못하겠다.

이 기분은 뭘까. 몸에 떨떠름하게 남은 불쾌함 속에서 어떤 한 가지 생각이 떠올랐다.

설마 내 마음속 어딘가에 미처 버리지 못한 여자인 부분이 있을까?

그럴 리 없어, 인정할 수 없어, 이런 생각과는 정반대로, 방황하던 감정이 고요히 차분해졌다.

나는 여자를 버렸다고 생각하면서 마음속 어딘가에 귀여운 치마가 어울리는 여자였으면 좋겠다는 마음을 감춰두었다.

그러니 어울리지 않는 내가 부끄러웠다. 아니다, 그럴 리 없다고 머리로는 부정하지만 조금 전 치마를 입었을 때 허공에 발이 붕 뜬 것 같은 기분을 잊을 수 없었다.

'귀엽다'는 말은 어울리지 않는데, 그런 말을 듣지 못하면 버티고 설 수 없을 만큼 부끄러웠던 그 기분.

얼굴이 빨개졌다. 아까보다 훨씬 더 부끄럽다는 생각이 온몸을 내달렸다. 내가 귀여우면 좋겠다고 생각했다니!

나는 여자의 얼굴을 하고 있을지 모를 내 표정을 보지 않으려고 다시 고개를 숙였다.

나는 여자다.

나는 착각하고 있었답니다. 나는, 이래 보여도 자신의 연약한 지각을 어떤 고상한 것으로 여기고 영특함이라고 착각해, 남몰래 자기 위안 했던 면이 있지 않았을까요. 나는 결국 어리석고 머리 나쁜 여자였군요.

다자이 오사무, 「피부와 마음」에서

여자의 세계는 눈을 돌리고 싶을 정도로 잔혹하다. 매일 착실하게 걸어가도 까마득한 저 앞에서 꼿꼿한 자세로 행진하는 대원을 평생 쫓아가지 못할 것이다.

그렇지만 쫓아가지 않아도 괜찮다.

이런 식으로 생각하게 된 것은, 탈의실에서 입을 꼭 다문 그 날부터 여자인 나를 인정하기 시작했기 때문일 것이다.

자신이 여자인 줄 깨달은 나는 30대가 돼서야 드디어, 두려움에 떨며 분홍색 볼 터치로 뺨을 물들인 군대에 입대해본다.

그러니 교관에게 더 노력하라는 채찍질을 받으며 열심히 립스틱을 바르는 나를 부디 응원해주시기를.

만약 우리의 언어가
위스키라고 한다면

위스키를 좋아한다.

이렇게 말하면 많이들 놀란다.

위스키는 아저씨라고 불리는 남자들이 마시는 술이라고 생각하는 사람이 많다.

내 20대, 30대 친구 중에도 위스키를 좋아하는 사람은 몇 없다. 있어도 대부분 남자들이다. 그렇지만 나는 위스키를 남자들만 즐기게 두기엔 너무 아깝다고 생각한다.

내가 위스키에 흥미를 느낀 시기는 스물여섯 살을 막 지났을 무렵이었다.

홀 투어 중에 읽던 무라카미 하루키 씨의 『1Q84』에 커티삭이라는 위스키가 등장했다.

책에 머리가 곱게 벗어진 남자가 바에서 위스키를 주문하는 장면이 나온다.

남자는 문득 생각났다는 듯이 커티삭이 있는지 묻고서 하이볼로 마셨다. 그러자 카운터의 두 자리 건너에 앉은 아오마메라는 여성이 물었다.

"커티삭을 좋아해요?"

남자는 놀라고서 이렇게 대답한다.

"예전부터 라벨이 마음에 들어서 자주 마셨어요. 범선 그림이 그려져 있어서."

"배를 좋아하는군요."

"맞습니다. 범선을 좋아해요."

나는 이 일련의 대화가 마음에 들었다. 즐겨 마시는 위스키를 좋아하는 이유로 맛이나 향에 관한 지식을 펼치거나 낭만적인 이야기를 늘어놓는 것이 아니라, 그저 '범선 그림이 그려져 있어서'라니.

책을 덮고 눈을 감고 상상했다. 범선이 어떻게 생겼더라. 로맨틱한 기분에 취해 입꼬리가 위로 올라갔는데, 머릿속에는 어설픈 형태의 배가 뭉게뭉게 떠오를 뿐이다.

나는 어쩔 수 없이 눈을 떴다. 동시에 인터넷에 접속했다. 커티삭.

검색하자, 투명한 초록빛 병에 겨자색 라벨이 붙은 위스키 병이 여럿 나타났다. 그 중앙에 마치 섬유유연제 광고처럼 수많은 돛이 나부끼는 배 그림이 있었다. 범선이다.

"범선을 좋아해요."

그 대사처럼 멋진 라벨이었다.

라벨을 보는 데 그치지 않고 실물 커티삭도 찾아보았다. 투어 중이던 나는 시마네나 오카야마 현지의 작은 술 가게를 다니며 물어보았다.

"커티삭이라는 위스키가 있나요?"

그러나 지방 술 가게에서는 커티삭을 찾지 못했다.

도쿄로 돌아온 후로는 바빠서 위스키에 관해서는 까맣게 잊어버렸다.

어느 날 아침, 같이 노래를 만들기로 약속했던 나카진이 말했다.

"계속 찾고 있었지? 배가 그려진 위스키."

그는 초록빛 병, 즉 커티삭을 들고 있었다. 나는 놀라고 감격해 그에게 수없이 고맙다고 말하고, 그날 밤 투명한 황색 위스키를 얼른 잔에 따랐다. 위스키용 잔은 따로 없으므로 늘 보리

차를 마시는 자그마하고 세로로 길쭉한 잔을 골랐다.

마시는 방법은 온더록스. 『1Q84』에 나온 머리 벗어진 남자처럼 위스키에 탄산수를 탄 하이볼이 아니라 느닷없이 온더록스를 선택한 이유는, 그래야 본래 맛을 느낄 수 있겠다고 초보 나름대로 생각했기 때문이다.

맛이 없는, 건 아니, 었을지도, 모른다.

알코올 도수 40도가 넘는 술을, 내가 기억하는 한 이때 처음으로 마셔보았다. 충격이었다. 나는 속으로 이런 술을 몇 잔이나 마시는 건 말도 안 된다고 생각하면서, '호오, 이런 맛이로 군'이라는 표정을 짓고는 그럴싸하게 고개를 끄덕여보기도 했다. 그건 분명 옷 가게에서 가격을 봤는데 예상보다 비쌀 때 짓는 표정과 같은 종류였겠지.

아하, 가격이 이렇구나, 그렇군, 뭐 못 살 것도 없지만.

아무튼 첫 위스키는, 지금 솔직히 말하겠는데 맛없었다. 나카진, 미안해.

두 번째로 위스키를 마신 것은 커티삭 이후 반년쯤 지나서였다.

서점에서 『만약 우리의 언어가 위스키라고 한다면』이라는 무라카미 하루키 씨의 에세이를 손에 들었다. 너무 지쳐서 장

편은 영 읽을 마음이 나지 않던 내가 무의식적으로 얇은 책을 골랐나 보다.

페이지를 넘기자, 몇 장의 사진이 눈에 들어왔다. 무리를 이룬 양들, 한적한 마을 풍경. 왠지 지금 내게 필요한 책 같아서 계산대에 줄을 섰다.

무라카미 씨의 위스키를 둘러보는 여행기. 『만약 우리의 언어가 위스키라고 한다면』은 그런 책이다.

무라카미 씨가 이 책에서 여행하는 아일러섬에는 증류소가 총 일곱 군데 있다고 한다. 아드벡, 라가불린, 라프로익, 쿨일라, 보모어, 브룩라디, 부나하벤.

이 토지에서 만드는 위스키는, 무라카미 씨가 말하기를 "독특한데, 문자 그대로 독특한 맛이어서 일단 사로잡히면 헤어나올 수 없다"라고 한다. 그는 일곱 증류소의 위스키를 하나씩 놓고 대낮부터 비교하며 마신다.

"영혼의 한 줄기 한 줄기까지 선명하고 극명하게 부각하는 글렌 굴드의 〈골트베르크 변주곡〉이 아니라, 은은한 어둠 속 빛의 틈을 가늘고 섬세한 손끝으로 더듬는 피터 제르킨의 〈골트베르크 변주곡〉을 듣고 싶어지는 평온한 저녁 무렵에는, 아련하게 부케 향이 감도는 부나하벤 같은 걸 혼자 조용히 마시고 싶다."

예를 들어 이런 감상을 말하면서.

나는 눈을 감고 맛을 상상했다. 이번에는 눈을 감은 채로도 머릿속에서 소리가 울렸다. 글렌 굴드의 연주보다 피터 제르킨의 연주를 듣고 싶을 때란, 그 어떤 언어도 원하지 않고 그저 빗소리를 듣고 싶은 기분일 때다.

음대에 다니던 시절에 이 곡을 여러 피아니스트의 연주로 들으며 비교해본 적이 있다. 다름을 음미하는 것은 참으로 대단한 경험이라고 생각하는데, 어쩌면 위스키도 이와 같은 식으로 음미할 수 있지 않을까? 클래식 음악으로 예를 들어준 덕분에 단숨에 위스키가 좋아질 것 같았다.

나는 눈을 뜨고 걷기 시작했다. 바에 가자. 오른손에는 책을 안고 있었다.

내가 간 바는 주택가에 고요하게 간판을 내건 곳이었다. 계단을 내려가 문을 열자, 자그마한 초의 불빛을 받은 어른들이 품평하듯이 나를 힐끔 보고 다시 자기들 대화로 돌아갔다.

바는 어딜 가도 조명이 어둡다. 하기야 형광등이 번쩍번쩍 하얀 벽을 비추는 바는 수요가 없을 것 같긴 하지만, 나는 처음 경험하는 어두움에 약간 긴장했다.

일곱 곳의 증류소 중 내가 제일 먼저 마셔본 아일러 위스키는 라프로익이라는 브랜드였다. 직접 고른 건 아니고, 지하의 바에서 책을 보여주며 아일러섬의 위스키가 있는지 물었더니 그걸 내줬다. 사실은 피터 제르킨의 부나하벤을 마시고 싶었으나 바에 없어서 어쩔 수 없이 무라카미 씨가 독특하다고 평한 일곱 개 중 하나를 부탁하기로 했다.

나는 눈앞에 나온 호박색을 살펴본 후에 한 모금 마시고 얼굴을 찌푸렸다.

"의약품…… 같네요."

라프로익의 맛은 이상했다.

의약품은 그나마 나은 표현이고, 알기 쉽게 말하면 정로환 맛이었다. 정로환 맛이 나는 술. 배가 아플 때 마시면 나을 것 같은 맛. 이런 괴상한 술이 이 세상에 있어도 되나?

나는 당연히 그런 의미를 담아 바텐더에게도 의도적으로 얼굴을 찌푸렸다. 의약품이란 건 칭찬도 뭐도 아니고 맛이 이상하다는 의미였다.

그런데 라프로익을 준 바텐더는 왠지 기쁜 듯이 "그렇지요"라며 웃었다. 그런 위스키라는 것이다.

나는 혼란스러웠다. 모르겠어. 알고 싶은데 모르겠어. 바텐더의 미소도, 무라카미 하루키가 하는 말도.

잔을 기울여서 냄새가 어쩜 이럴까 생각하며 한 모금을 목

구멍으로 넘기고, 이 맛은 대체 뭘까 고민하며 또 한 모금을 내장에 흘려보냈다. 역시 모르겠다.

소독약 같은 냄새가 코끝을 살짝 스쳤다. 어른들의 웃음소리가 어딘가 멀리서 들려왔다. 어떤 점이 글렌 굴드지, 한 모금. 대체 뭐가 피터 제르킨이지, 한 모금.

얼마 후 잔이 비었다. 큼직큼직하게 커팅된 얼음 모서리가 녹아서 둥그레졌다. 불붙은 목탄 옆에 있는 것처럼 내장이 뭉근하게 따뜻해졌다. 바텐더가 내 앞에 놓아준 병을 보니 알코올 도수 43%라고 적혀 있었다. 나는 점점 묘한 기분에 사로잡혔다. 익숙하지 않은 위스키에 취했는지도 모른다.

"한 잔 더 마셔볼까……."

나도 모르게 이렇게 말했다. 말해놓고 내가 놀랐다. 위스키가 전부 사라지자 신기하게도 사랑스럽게 느껴졌다. 마치 예전부터 헤어지려고 했던 연인의 짐이 갑자기 집에서 사라진 날처럼. 나는 얼음이 녹아 스모키 향과 바다 냄새가 나는 아일러 위스키의 냄새를 맡았다. 처음에 맡은 냄새와 전혀 달랐다. 그립기까지 해서, 나는 얼음 녹은 잔을 기울여 한 번 더 맛을 확인하려 했다. 바텐더가 미소 지었다.

"맛있죠?"

그는 처음부터 이렇게 될 줄 알았나 보다.

나는 그날 밤 바에 있는 아일러 위스키란 위스키는 전부 늘어놓고 탐닉했다. 무척 행복한 경험이었다.

라프로익을 마신 밤으로부터 4년. 지금 나는 거의 매일 밤 위스키를 마신다. 많이 마실 때도 있고 한두 잔으로 끝내는 날도 있다.

이를테면 지쳐서 집에 돌아온 밤에. 수만 명의 앞에 섰다가 돌아오는 길, 내게 과연 그런 가치가 있었을지 자문하는 밤에. 멋진 가사를 썼다고 생각한 밤에.

위스키를 마신다. 눈에서 때때로 신기하게도 작은 물방울이 또르르 흘러내린다.

우리는 언어가 언어이며 언어일 뿐인 세계에 산다. (중략) 그래도 예외적으로, 아주 잠깐의 행복한 순간에 우리의 언어가 정말로 위스키가 될 때가 있다.

무라카미 하루키, 『만약 우리의 언어가 위스키라고 한다면』에서

무라카미 씨는, 우리의 언어는 위스키가 될 때가 있다고 한다. 나는, 위스키는 때때로 언어가 된다고 생각한다.

그들은 말해준다. 자신감을 잃었거나 압박감에 짓눌릴 것

같을 때. 따뜻하고 조용한 곳에서 "어서 와"라고. 그리고 "수고
했어"라고.

역시 위스키를 남자들만 마시게 두는 건 아깝다.

나는 오늘도 돌아간다. 그 다정한 목소리가 들리는 곳으로.

퍼레이드

"좋은 아침입니다!"

어슴푸레한 방에 마치 시합 직전의 야구부원처럼 기운 넘치는 목소리가 울려 퍼졌다. 나는 무심코 "네!" 하고 대답했다. 아직 사태 파악을 못 한 심장이 허둥대며 뛰기 시작한다. 시계를 보니 새벽 5시. 나는 녹음 기재에 둘러싸여 얇은 담요를 두른 채 나도 모르게 잠들어 있었다.

숨을 가다듬고, 옆 소파에서 자는 우리 밴드의 기타리스트 나카진을 힐끔 보았다.

또야······.

그의 잠꼬대에 깨는 게 몇 번째인지 모르겠다.

전에도 화장실에 가려고 일어났을 때, "잠깐, 타임, 타임!" 하며 손까지 들고 나를 말린 적이 있다. 왜 그래, 화장실 쓸 거야? 하고 말을 걸었지만, 그는 느릿느릿 손을 내리고 아무 일도 없었다는 듯이 잠들었다.

요시다 슈이치 씨의 『퍼레이드』에도 그런 이야기가 있었지……. 나는 젊은 사람들이 룸셰어하는 이야기를 떠올렸다.

(『퍼레이드』에도 나카진처럼 큰 소리로 잠꼬대하는 남자가 등장한다. 참고로 그의 잠꼬대는 "아, 밟지 마!"이다.)

『퍼레이드』는 다섯 명의 젊은이가 함께 사는 이야기다. 그들의 잡다한 생활을 두고 '밀입국한 외국인 같다'고 표현하는데, 한집에 몇 명이나 되는 사람들이 번갈아 들락거리는 상황은 우리 생활과 비슷하다.

"저기 그 집에는 도대체 몇 명이 살아? 앞으로 또 누가 나올 거야?"

소설에도 이런 질문을 받는 장면이 있는데, 읽다가 무심코 웃었다. 나도 이 기묘한 질문을 몇 번이나 받아본 적이 있다.

우리 집, 통칭 세카오와 하우스라 불리는 이 집에서 SEKAI NO OWARI 멤버 네 명이 룸셰어를 한다.

세카오와 하우스가 생기고 7년간 멤버는 물론이고 스태프나 친구, 그날 사귄 외국인까지 다양한 사람이 살았다.

데뷔 전부터 우리 밴드 디자인을 담당해온 디자이너와 어시스턴트, 현재 라이브 공연 때 엔지니어로 활약하는 남자.

취업난에도 음악 회사에 들어가고 싶어서 노력하는 남자나 청소를 조건으로 사는 여자 등등 세대도 직업도 다 다르다.

영어를 가르쳐주는 조건으로 외국인에게 방 하나를 빌려주기 시작한 것이 3년 전이다.

처음에는 일본계 독일인, 다음에는 미국인. 그 후로 영국인, 스페인인으로 이어져 지금은 다시 미국인이 산다. 지금 사는 미국인과는 일주일에 한 번 내 위스키 컬렉션에서 몇 병쯤 꺼내 같이 마시는데, 일본어를 공부하는 그의 최근 고민은 '미용실美容院'(비요우인)과 '병원病院'(뵤우인)의 발음을 도저히 구분할 수 없다는 거란다.

동시에 산 최대 인원은 아홉 명이었다.

세카오와 하우스는 비교적 큰 집이지만, 아홉 명은 수용 인원을 완전히 넘었다. 그 아홉 명이 친구를 부르거나 가족을 부르니까, 집에 왔는데 모르는 사람이 있는 건 우리에게 일상적인 일이었다.

"안녕하세요."

어느 날 밤, 현관문을 열고 들어와 거실에 갔더니 모르는 사람이 내 위스키 전용 바카라 잔에 캔 츄하이를 찰랑찰랑 따르고 있었다. 내가 온 걸 알자, 그는 이쪽을 향해 공손하게 고개를 숙였다.

"괜찮으시면 이거 드세요."

이어서 아마도 선물일 무언가를 내밀었다. 나는 그가 누구이고 누구의 친구인지도 모르면서 선물 포장을 뜯고 대답했다.

"와, 후쿠오카 명물 도리몬®! 좋아하는 거예요. 고맙습니다. 어디 다녀오셨나 봐요?" (제길, 바카라로 위스키를 마실 생각이었는데 이 사람은 스트롱제로 따위를 따르고 있네.)

셰어하우스의 일상은, 누가 초대했는지도 모르는 수수께끼 손님이 "안녕하세요" 하고 환영해주는 생활이다.

물론 손님들은 후카세의 친구이거나 나카진의 친구다. 아주 드물게 거실에 오도카니 앉아서, "후카세가 불러서 왔는데 저도 모르게 취해서 잠든 것 같아요…… 후카세가 안 오면 돌아갈까 하는데……"라고 중얼거리는 사람을 몇 번쯤 본 적 있는데, 대부분은 잠시 후에 멤버가 어디선가 돌아와서 "아, 내 중학교 동창이야" 하고 소개해준다.

지금까지 딱 한 번, 진짜로 정체 모를 손님이 "안녕하세요" 하고 나를 맞이한 적이 있다.

스페인인이 반년간 세카오와 하우스에 머물렀던 때의 일이다.

그는 스페인어와 스페인 억양이 섞인 영어를 유창하게 말하고 이탈리아어도 조금은 할 수 있었지만, 일본어는 "그냥저냥"과 "귀여워"라는 말밖에 하지 못했다.

둘이서 선물을 사러 가게에 갔을 때, 붙임성 좋은 아주머니가 특산물을 무료로 먹여주고 "어때요, 맛있어요?"라고 물었다. 그런데 그가 본인이 아는 두 가지 어휘 중에서 자신만만하게 "그냥저냥!" 쪽을 고르는 바람에 나는 반사적으로 미소로 얼버무리며 그 자리를 떠났고, 길을 걸으며 그에게 "맛있다"라는 말을 가르쳤다. 그는 금방 맛있어, 맛있어, 라고 발음했는데 연습하는 그 눈빛이 왠지 의기양양해 보여서 힘이 빠졌다. 문법적으로 틀리더라도 귀여워 쪽을 고르는 편이 나았다.

그런 그가 혼자 세카오와 하우스에 있을 때, 초인종이 울

● 하얀 팥 앙금에 연유와 버터를 섞어 일본 화과자와 서양 과자를 조화시킨 만주.

렸다.

"Hello."

스페인인이 초인종의 수화기를 들고 말하자, 카메라에 비친 중년 남자가 낭패한 듯 뭐라고 말했다. 들어보려고 해도 귀엽다와 그럭저럭과 맛있다만 아는 그는 속수무책이다.

"아이 캔 낫 스피크 재패니즈."

스페인인이 최대한 느리게 영어로 말했다. 그러나 남자는 당황한 채 일본어로 뭐라고 계속 말했다.

도무지 통하지 않는 영어와 일본어. 대화는 평행선을 그릴 뿐이다. 양쪽 다 한 걸음도 양보하지 않으니까 앞으로도 절대 교차할 일이 없겠다고 생각한 그때, 남자에게서 사오리라는 말이 들렸다.

"Oh, are you a friend of Saori?"

혹시 당신은 사오리의 친구입니까?

그가 묻자, 남자는 기뻐하며 "사오리!"를 반복했다.

"오, 사오리!"

"사오리! 사오리!"

마침내 둘 사이의 공통어를 발견하자 그들은 흥분했다. 스페인과 일본을 연결한 유일한 공통어 사오리. 스페인인은 그 남자를 집에 들여 차를 대접했다.

그로부터 몇십 분 후, 스페인과 일본의 가교가 된 줄 모르는 사오리, 다시 말해 나는 일을 마치고 귀가했다.

현관문을 열자, 낯선 중년 남자가 수줍은 표정으로 스페인인과 함께 소파에 앉아 있었다. 집에 모르는 사람이 있는 상황에는 익숙하지만, 스페인인의 친구라기에는 분위기가 너무 달랐다.

나는 위화감을 느끼며 스페인인에게 영어로 물었다.

"당신 친구야?"

그러자 그가 놀라서 대답했다.

"사오리의 친구잖아?"

"아닌데."

"어, 하지만 이 사람이 분명히 사오리라고 말했어."

"만난 적 없는 사람이야."

영어를 모르는 남자는 우리 사이에서 오도카니 대화를 들으며 방긋방긋 웃을 뿐이다. 스페인인은 차츰 자기의 실수를 깨닫기 시작하고 어쩔 줄 모르며 속사포로 변명했다.

"친구냐고 물었더니 친구라고 해서, 실례되지 않게 기다리라고 한 거야. 그런데 이 사람은 영어를 전혀 모르고 나는 일본어를 모르니까, 그러니까 착각했을지도 몰라. 사오리, 화내지 마. 이 사람이 누군지는 모르지만, 이 사람도 잘못하지 않았고

나도 잘못하지 않았어."

연신 "It was not my fault"라고 자기 탓이 아님을 강조했다.

그 옆에서 남자는 생글거리는 얼굴로 영어를 잘한다고 감탄하며 작게 박수까지 보내지 뭔가. 머리가 지끈거렸다. 악의는 없어 보이지만, 아무리 봐도 모르는 사람이었다.

"저기요, 죄송합니다만 누구신지……."

결국 그는 우리 팬이었다. 지금은 이런 일이 없지만, 그때는 집을 알아낸 팬들이 초인종을 누르는 일이 종종 있었다.

초인종을 누르고 사오리의 팬이라고 말했더니 모르는 스페인인이 집에 들여줬다는 것이다.

들어오라고 해도 들어오면 안 되지. 불법 침입이잖아. 화를 내고 싶었으나 나는 백 보 양보해 말을 꾹 삼켰다.

안쪽에서 문이 열려 무심코 집 안에 들어와버린 이 상황에 악의는 없어 보였기 때문이다.

남자에게 집에 찾아오면 사생활이 사라지니까 앞으로 오지 말아달라고 부탁하자, 그는 사과하고 후다닥 돌아갔다.

결국, 간단하게 평화를 되찾았다.

"참 이상한 사람이었지……."

남자가 돌아간 후에 내가 말했다.

"그 사람은 이상한 사람이 아니야!"

그러자 스페인인은 무슨 이유에선지 조금 화를 내며 그를 옹호했다.

너 때문이잖아, 라고 말하고 싶었지만 고향을 떠나 홀로 이국땅에서 사는 그의 고독함을 존중해 "그래, 알았어"라고 대꾸했다. 한숨이 나왔다. 알았으니까 일본어를 조금은 배워.

『퍼레이드』에도 정체불명의 손님이 등장한다.

그들은 그 수수께끼 손님을 두고 "후배인 줄 알았지" "본 적도 없어" "술 취해서 데려온 줄 알았어" "야, 진짜 뭐 훔쳐 간 거 없어?" "나, (중략) 같이 파친코까지 갔는데"라고 대화를 나눈다.

원래 웃긴 에피소드인데, 나는 점점 무서워졌다.

거실에서는 나카진이 폼롤러에 누워 뉴스를 보는 중이다. 러브는 편의점에서 산 시푸드 도리아와 나폴리탄 스파게티 곱빼기를 먹고, 후카세는 소파에서 뒹굴며 만화를 읽고 있다.

평소와 같다.

그런데 만약 그 옆에서 그날 스페인인이 집 안에 들인 수수께끼 손님이 차를 마시고 있다면?

나는 "그 사람, 친구야?"라고 묻지 않을지도 모른다. 『퍼레이드』와 마찬가지로, 누군가의 친구이겠거니 짐작할 테니까.

나도 안다. 이 생활을 지키기 위한 규칙은 '평소와 같음'을 계속 지키는 것이다.

설령 생활 속에 소소한 위화감을 느끼더라도, 살짝 시선을 돌리는 게 좋을 때도 있다.

누군가 살그머니 밖에 나간 밤. 심야에 현관문이 열렸던 것을 알면서도 차분하게 맞이하는 아침.

아무것도 묻지 않았던 그런 날을 떠올리며 나는 침을 삼켰다. 이어서 평소보다 더 집요하게 그들을 관찰했다.

그들은 평소와 똑같은 얼굴로 거실에 모여 저마다 좋아하는 일을 하며 천진하게 웃고 있다. 평소와 같다. 그런데 그 웃음소리가 평소보다 어쩐지 섬뜩하게 울렸다.

양과 강철의 숲

"조율사에게 가장 필요한 게 뭐라고 생각하세요?"

미야시타 나츠 씨의 『양과 강철의 숲』이라는 소설에 초보 조율사인 주인공이 선배들에게 질문하는 장면이 있다.

조율사에게 가장 필요한 것은 무엇인가.

선배들은 대답한다.

"튜닝 해머."

"아니요, 그런 게 아니라요."

주인공이 다시 말하는데, 다른 선배 조율사가 끼어든다.

"끈기."

"그리고 배짱."

"포기."

소설을 읽으며 생각했다. 피아니스트인 내게 가장 소중한 것은 무엇일까. 책을 덮고 25년이라는 시간을 거슬러 올라갔다.

피아노를 연주하기 위해 소중한 것.

제일 처음에는 꽃다발이었다.

초등학교에 입학하기 전, 나는 소규모 사택에 살았다. 철근 콘크리트로 지은 3층 건물, 총 열두 가구. 우리 집은 3층이었는데 옆집에 나이가 비슷한 여자아이가 살았다.

그 아이와 같은 유치원에 다녔다. 이윽고 손잡고 발레 교실을 견학하러 가서 세일러문 의상을 같이 입을 정도로 사이가 가까워졌다.

그 아이가 어느 날 나를 피아노 발표회에 초대했다. 옆집에서 소리가 들리니까 피아노를 배우기 시작한 건 알고 있었다. 나는 좋아하는 원피스를 입고, '발표회'라는 단어의 뜻도 잘 모르면서 엄마와 둘이 태평하게 발표회장에 놀러 갔다.

나는 그곳에서 인생을 바꿀 충격적인 광경을 보고 만다.

연주. 정적. 일어나서 인사. 박수.

그리고 객석에서 끝없이 보내는 꽃다발…… 꽃다발…… 꽃
다발…… 꽃다발…….

"나도 피아노 배우고 싶어."

집에 오는 길에 흥분해서 엄마에게 말했다.

"어차피 꾸준히 하지도 않을 거면서."

엄마는 어이없어하며 내 흥분을 모른 척했다. 그래도 나는
무대에 서서 두 팔에 넘치도록 꽃다발을 받고 싶어 안달이 났
다. 이러다가 미쳐버릴 정도로 꽃다발을 안은 그 아이의 모습
이 부러웠다.

"할 거야."

"안 할 거야."

단호하게 거부하는 엄마. 나도 지지 않으려고 맞선다. 유치
원의 크레파스를 움켜쥐고, 속마음을 편지에 썼다.

피아노 하게 해주세요. 피아노 하게 해주세요. 피아노 하게
해주세요. 피아노 하게 해주세요. 피아노 하게 해주세요. 피아
노 하게 해주세요. 피아노 하게 해주세요. 피아노 하게 해주세
요. 피아노 하게 해주세요. 피아노 하게 해주세요. 피아노 하게
해주세요. 피아노 하게 해주세요. 피아노 하게 해주세요…….

결국 엄마가 내 고집에 꺾였다. 잊을 수도 없는 다섯 살의 봄이었다.

피아노를 연주하기 위해 소중한 것. 그다음은 열쇠였다.

여덟 살이 되어 동네 피아노 학원에서 잘 친다고 칭찬을 받자, 나는 점점 연습에 소홀해졌다.

의자에 앉아 시계를 자꾸만 힐끔거리며 시간이 지나기를 기다렸다. 나중에는 피아노의 까만 부분에 지문을 눌러 찍으며 그림을 그렸는데, 머리 위에서 목소리가 들렸다.

"됐다마."

엄마가 피아노에 앉은 내 옆에 서 있었다. 엄마는 간사이 지방 출신이다. 표준어로는 "그만 됐어"인데, 사투리로 말하니까 훨씬 박력이 넘친다.

엄마는 나를 억지로 의자에서 내려오게 했다. 건반 뚜껑을 닫더니 나를 노려보았다.

"와 그라는데?"

나도 사투리로 응수했다. 연습을 안 한다고 혼내는 줄 뻔히 알면서도, 이 상황이 난처하니까 바보처럼 굴며 모른 척했다. 마치 무슨 일이 벌어졌는지 전혀 상상도 못 하겠다는 얼굴로, 나는 엄마의 동향을 살폈다.

엄마는 갑자기 주머니에서 커다란 열쇠를 꺼냈다. 피아노 중앙의 구멍에 열쇠를 꽂았다.

나는 놀랐다. 피아노에 열쇠 구멍이 있는 줄도 몰랐다.

찰칵, 피아노 안에서 무언가가 움직였다. 이번에는 정말로 놀랐다.

"고마해도 된다."

엄마가 의연한 태도로 말했다.

"연습 안 할 거믄 필요 없제."

피아노 뚜껑을 열려고 했으나 잠겨서 열리지 않았다. 찰칵 하는 소리의 의미를 그제야 비로소 이해했다.

피아노를 열지 못하는 걸 알자, 돌연 몸에 힘이 들어가지 않았다. 무릎이 휘청 꺾여 그 자리에 주저앉았다.

내 인생에서 피아노가 사라진다. 갑자기 엄청난 상실감을 느꼈다.

앞으로 어떻게 살아야 할지 모르겠다. 그저 불안해서 견딜 수 없었다.

바닥에 풀썩 고개를 숙이고 앉은 내 오른손에, 엄마가 한숨을 쉬며 열쇠를 놓아주었다.

"단디해라."

피아노의 열쇠. 그건 마치 모험 소설에 나오는 보물상자의 열쇠처럼 장식이 새겨진 멋진 열쇠였다.

그 후로 나는 열쇠를 지키려는 듯이 피아노를 쳤다. 생각대로 치지 못해 화가 날 때도 있었고, 똑같은 경과구를 수없이 반복하는 지루한 연습이 지겨울 때도 있었다.

그래도 나는 연습을 계속했다. 나에게 피아노는 잘라낼 수 없는 존재임을 깨달았으니까. 만약 그렇지 않다면 뚜껑을 닫고 열쇠로 잠그면 된다. 다음에 열쇠로 잠글 수 있는 사람은 열쇠를 가진 나니까.

열쇠는 할머니가 준 꽃문양 양철통에 소중히 넣어두었다. 양철통을 서랍 안에 숨겨 엄마 눈에 절대 띄지 않도록 조심했다.

피아노를 연주하기 위해 소중한 것. 열다섯 살이 되자 그건 악보였다.

나는 도쿄의 음악 고등학교에 입학했다. 규모가 작았던 그 학교에는 1학년에 마흔 명의 음악과 학생이 있었고 그중 절반이 피아노 전공이었다. 나머지 절반은 현악기나 금관악기, 목관악기, 타악기 등이고, 작곡 전공인 학생도 딱 한 명 있었다.

동아리 활동이 없는 대신 수업이 끝난 방과 후에는 대부분

의 학생이 각자 악기를 연습하러 갔다. 바이올린과 피아노는 특히 연습이 필수인 악기여서 학생들은 언제나 악기와 단둘이 방에 틀어박혀야 했다.

5교시 수업을 마치고, 나는 연습동이라고 불리는 건물로 갔다. 그랜드피아노가 두 대씩 있는 방이 쭉 이어진다. 플루트 소리나 오페라를 부르는 학생의 목소리가 들리는 그곳을, 빈방을 찾아 걸었다.

갑자기 어느 방에서 쇼팽 연습곡이 들렸다. 놀라서 유리문 안쪽을 들여다보았다. 평소 교실에서 앞자리에 앉는 여학생이 피아노를 연주하고 있었다.

벌써 이 곡을.

나는 화려한 쇼윈도를 구경하는 어린 소녀처럼 그 자리에 우뚝 멈춰 섰다.

쇼팽 연습곡 Op. 25-11. 총 스물네 곡의 쇼팽 연습곡 중에서도 가장 난해한 부류에 들어가는 〈겨울바람〉이다.

유리문 앞에 서 있는 나는 그 곡을 아직 연주하지 못한다.

여학생의 오른손이 빠른 악구를 연주했다. 겨울바람을 표현하는 그 오른손은 냉담할 정도로 침착한 왼손의 멜로디와 헤어졌다가 다시 손을 맞잡은 연인처럼, 건반 위에서 좌우로 떨어졌다가 중앙에 가까워졌다가 또다시 떨어진다. 숨도 못 쉬고 그 움직임을 지켜보았다.

대단하다. 온몸에 식은땀을 흘리며 나는 그 자리에서 한 발자국도 움직이지 못했다.

같은 나이이고 비슷하게 살아왔을 반 친구와 나 사이의 거리. 그게 내 상상보다 훨씬 멀리 떨어진 거리임을 알았다.

번쩍 정신이 들었다. 나는 연습실로 들어가 악보를 꺼내 피아노 보면대에 놓았다. 크림색 표지에 연지색 글씨로 크게 'CHOPIN'이라고 적힌, 여학생이 가진 것과 같은 악보. 쇼팽 연습곡 파데레프스키판.

그래. 같은 악보인데.

나는 악보를 바라보았다. 그 아이와 나는 같은 악보 앞에 있다. 도대체 어디에서 차이가 생겼을까. 거의 비슷한 시기에 피아노를 배우기 시작했고, 같은 고등학교에 진학해 같은 연습동의 피아노를 쓴다.

앞니로 입술을 깨물고, 악보 앞에서 도망치고 싶은 감정을 필사적으로 억눌렀다.

문장을 읽을 때처럼 악보를 볼 때도 아주 고도의 독해력(독보력)이 필요하다. 나는 악보에 실린 의미를 머리가 타들어갈 정도로 고민했다. 작은 이음줄이나 스타카토 같은 세세한 연주 기법을 수백 번이나 반복해서 연주해보았다. 피아노를 치면 칠

수록 악보의 심오함에 감탄했다.

때때로 손을 멈추고 그 학생의 겨울바람을 떠올렸다.

졸업할 무렵에는 방에 악보가 산더미처럼 쌓였다. 앞으로도 나는 이 안에서 살아가리라 믿었다.

피아노를 연주하기 위해 소중한 것.

지금 그것은 예상하지도 못했던 것이다.

스무 살이 되던 해, 나는 소꿉친구의 권유로 SEKAI NO OWARI라는 밴드의 피아니스트로 활동을 시작했다.

사람들 앞에서 연주하는 일을 발표회나 연주회가 아니라 '라이브'라고 부르는 것을 낯간지럽게 느끼며 무대에 오른다.

처음에는 클래식 무대에는 없는 눈부신 조명이나 거대한 음향 기기에 놀라고, 나 이외의 다른 이가 무대에 있는 것을 신선하게 느끼기도 했다.

그러던 어느 날, 나는 무대 위에서 퍼뜩 깨달았다.

십수 번째의 라이브였을 것이다. 무대에서 객석 쪽을 보는데, 다양한 사람이 눈에 들어왔다.

어떤 사람은 울고 있었고 어떤 사람은 웃고 있었다. 어떤 사람은 같이 노래를 흥얼거렸고, 어떤 사람은 진지한 눈빛으로 이쪽을 바라보았다.

나는 발표회나 연주회에서도 지금과 마찬가지로 무대에 올랐으면서도, 이때까지 단 한 번도 객석에 시선을 주지 않았다. 나는 다른 사람을 생각하지 않고 피아노를 연주해왔다.

그들에게 미소를 지으며, 지금까지 왜 깨닫지 못했을까 하는 생각이 머리 바깥쪽을 빙글빙글 맴돌았다.

관객.

지금 나에게, 피아노를 연주하기 위해 가장 소중한 것.

조명이 내리쬐는 무대 위에서 모든 악기의 소리가 멈춘다.

수많은 관객이 바라보는 가운데, 나 혼자서 피아노를 연주하기 시작한다.

장내를 가득 채운 긴장감 속에서 반드시 연주해내겠다고 다짐한다.

꽃다발을 받고 싶어서 피아노를 시작한 후로 어마어마한 시간을 연습에 투자했다. 열쇠가 잠겨서 울었던 날도, 앞니로 입술을 깨물고 악보를 응시하던 날도.

그 기억이 있으니까 나는 반드시 칠 수 있다.

성대하게 박수를 받고 돌아오는 길, 한 모녀가 "사오리 씨를 동경해서 피아노를 시작했어요"라며 말을 걸었다.

"열심히 하세요."

옷으며 말하자, 딸이 고개를 끄덕이며 편지를 내밀었다. 피아노와 작은 꽃다발이 그려진 편지였다.

편의점 인간

"오늘 술 마시러 갔었는데, 다들 맛집 이야기만 정신없이 해서 최악이었어."

어떤 술자리를 마치고 돌아오는 길, 나는 친구에게 전화를 걸었다.

휴대전화의 입 닿는 부위에서 아까 먹은 꼬치구이의 달짝지근한 소스 냄새가 났다. 그런 것에도 왈칵 짜증이 차올랐다.

나는 그 사람들과 다르다. 다 같이 모여서 하는 일이라곤 술을 마시고 먹는 이야기뿐인 그런 어른들과는.

입술을 잔뜩 일그러뜨리며 나는 친구에게 계속 말했다.

"사는 동네에 맛집이 어디야? 그 가게에 가본 적 있어? 다들 그런 말만 하지 뭐야."

술자리에는 음악 프로듀서나 음악 기획사의 스태프 등이 있었다. 나는 음악 산업에 갓 뛰어든 신인으로서 불려 갔다.

어른 두세 명이 내가 사는 역 근처의 맛집 이야기를 꺼냈다. 그 가게의 초밥은 비싼 가격에 비해 대단할 게 없으니까 가지 말라느니, 그 가게의 햄버그스테이크는 어찌나 부드러운지 거의 마실 수 있을 정도라느니.

내가 맛집을 한 군데도 모른다고 대답하자, 그들은 믿을 수 없다는 표정을 짓더니 왠지 기쁜 티를 내며 일장 연설을 늘어놓았다.

"진짜? 너무 아깝다, 그 근처에 맛집이 얼마나 많은데. 거기 주유소 골목 끝에 있는 꼬치구잇집, 간 적 없어? 거기 닭 연골을 넣은 완자는 최고라니까. 그리고 역 앞 로스트비프도 말도 안 되게 맛있어. 뭐? 거기도 간 적 없다고? 모처럼 데뷔했으니까 그 정도는 먹어봐야지. 또 추천하는 맛집이……."

나를 버려두고 이야기가 알아서 폭주했다. 다음에 같이 가자는 목소리가 소음에 섞여 들렸다.

나는 그 모습을 묵묵히 바라보았다. 추잡한 어른들. 먹는 이야기만 늘어놓고, 쾌락에 절었네.

내 눈에는 그들이 〈센과 치히로의 행방불명〉에 나오는 아빠와 엄마처럼 보였다.

생소한 거리에서 멋대로 먹고 마시던 아빠와 엄마가 점점 돼지로 변하는 그 장면. 돼지로 변하는 줄도 모르고 침을 흘리며 음식을 게걸스럽게 탐하는 그 추한 꼬락서니.

나는 휴대전화에 대고 경멸을 담아 친구에게 말했다.

"최악이었어. 음악 업계의 어르신들이 그런 줄은 몰랐어. 나는 그렇게 되기 싫더라."

그런데 전화 너머로 들린 말은 내가 기대했던 말과는 달랐다.

"그게 왜 최악이야?"

SEKAI NO OWARI에는 결성 초기, 개인의 지갑이나 개인의 시간이라는 감각이 없었다.

아르바이트를 해서 번 돈은 전부 밴드를 위해 쓰는 게 당연했고, 자유로운 시간은 전부 밴드에 바치는 것을 당연하게 여겼다.

내 것도 네 것도 전부 밴드의 것.

어느새 이것이 SEKAI NO OWARI의 암묵적인 규칙이었다.

그런 환경 속에서 외식은 중죄였다. 저렴하고 후딱 먹을 수 있는 라면이라면 괜찮아도 맛있는 음식에 돈과 시간을 들이는 행위는 밴드에 대한 모독 행위처럼 여겨졌다.

그것도 누가 제안해서가 아니라 모두 자연스럽게 생각했다.

아르바이트는 밴드를 위해 하는 것이지 맛있는 음식을 먹으려고 하는 게 아니다.

데뷔도 아직 못 했는데 인생에 만족하면 안 된다. 쾌락에 빠져들면 안 된다.

우리는 목적을 위해 쾌락을 경시했다. 아르바이트 월급으로 맛있는 음식을 먹는 동급생을 보면 무턱대고 '저것들은 탈락자야'라고 여겼고, '승리하기 전까지는 원하지 않겠다'의 정신으로 참고 견디는 것을 미덕으로 삼았다.

데뷔에 성공해 이제 그런 감각이 필요 없어진 후에도 미덕은 마치 깜빡 잊은 물건처럼 내 몸에 계속 깃들어 있었다.

그런 감각을 쭉 유지할 수 있었던 이유는 내 세계가 나와 똑같이 생각하는 밴드 멤버만으로 구축됐기 때문이다.

『편의점 인간』에 나오는 주인공이 편의점이라는 작은 세계 속에서 자기 자신을 구축하는 감각과 아주 비슷하다.

지금의 '나'를 형성하는 것은 거의 내 곁에 있는 사람들이다.
3할은 이즈미 씨, 3할은 스가와라 씨, 2할은 점장님, 나머지는

반년 전에 그만둔 사사키 씨나 1년 전까지 리더였던 오카자키 군 같은 과거의 다른 사람들에게서 흡수한 것으로 구성된다.

특히 말투는 가까운 사람의 것이 전염되니까, 지금은 이즈미 씨와 스가와라 씨를 섞은 것이 내가 쓰는 말투다.

사람은 대부분 그런 법이라고 생각한다. 전에 스가와라 씨의 밴드 동료가 가게에 왔을 때는 여자들의 복장과 말투가 스가와라 씨와 똑같았고, 사사키 씨는 이즈미 씨가 들어온 후로 "수고하셨습니다!"라고 말하는 방식이 이즈미 씨와 똑같아졌다. 이즈미 씨와 전의 가게에서 친하게 지냈다는 주부가 도우러 왔을 때는, 복장이 이즈미 씨와 너무 비슷해서 착각할 뻔했을 정도다. 내 말투도 누군가를 전염시켰을지도 모른다. 이렇게 서로 전염되면서 우리는 인간임을 계속 유지하는 것이다.

무라타 사야카, 『편의점 인간』에서

"왜냐니……. 다들 그 가게의 뭐가 맛있다느니 뭐니 하는 이야기만 했다니까."

나는 횡설수설하며 이유를 찾았다. 친구가 의아해하며 되물었다.

"응. 그게 뭐가 최악인데?"

"뭐냐니……."

눈이 번쩍 뜨였다. 듣고 보니 뭐가 최악인지 설명하지 못하겠다. 우리가 맛있는 음식을 꾹 참았던 것은 아직 음악으로 돈을 벌지 못했기 때문이다.

데뷔도 했고 음악으로 돈을 벌게 된 지금, 왜 맛있는 음식을 먹는 행위까지 배제하려고 했을까?

편의점의 자동문이 열리듯 아주 쉽게 세계가 열렸다.

"맛있는 밥을 먹는 거…… 어쩌면 나쁜 게 아닌가 봐."

나는 조심스럽게 중얼거렸다. 갑자기 구름 사이에서 내리쬔 빛 같은 찬란함이 내 마음을 비추기 시작했다.

세계는 이토록 넓고 밝았구나.

밝은 빛 속에 연골이 든 닭 완자와 로스트비프가 반짝반짝 떠올랐다.

나는 거들떠보지 않으려 했던 세계 쪽으로 힐끔 시선을 주고는, 현기증이 일 정도의 진수성찬에 침을 삼켰다.

환경이 사람을 만든다.

『편의점 인간』에 나오는 주인공이 편의점이라는 규율 속에서만 자신을 유지할 수 있었던 것처럼 한때 우리도 네 사람만의 세계를 구축해야 했던 기간이 있었다.

그래도 이제 제각각 밖에 나가도 괜찮은 시기가 왔다. 환경에 따라 나 자신도 달라졌으니까.

나는 달라졌다.

문을 걸어 잠그고 쾌락을 배제하지 않고도 앞으로 나아갈 수 있는 나로. 맛있는 음식을 먹는 어른을 향해 "돼지 같아"라고 욕설을 퍼붓지 않고도 내가 하고 싶은 일을 긍정할 수 있는 나로.

나는 자동문을 열고 작은 세계에서 나가기로 했다.

가게에 울려 퍼지는 "이용해주셔서 감사합니다!"라는 목소리를 등지고.

임신 캘린더

임신한 후로 "머터니티 라이프를 즐겨"라는 말을 자주 듣는다.

봄에 임신 사실을 알고 안정기에 들어선 여름에 발표한 후로 저 말을 듣는 횟수가 날마다 늘어났다.

친구는 내 부푼 배를 보며 다정한 눈빛으로 말했다.

"임신 생활은 정말 순식간이야."

"배 속에 있는 짧은 시간을 소중히 여겨."

어쩌면 그런 말은 임신부에게 하는 전 세계적인 상투어인지도 모른다.

비행기를 탈 때면 영어로 "Have a good flight"라고 말한다. 비행을 즐기라는 의미다. 머터니티 라이프를 즐기라는 말도 그런 전형적인 문장 중 하나겠지.

그러나 그런 말을 듣고 순순히 고개를 끄덕이는 임신부는 내 생각에 단 한 명도 없을 것 같다.

머터니티 라이프는 솔직히 말해서 즐겁지 않다.

입덧은 보통 9주 차부터 시작되는 경우가 많은데, 나 또한 예외가 아니어서 그 시기부터 위액이 올라오기 시작했고, 서 있지 못할 정도로 졸음이 쏟아졌다.

그때, 나는 입덧의 공격과 싸우며 중국으로 날아갔다. 마침 홍콩과 중국의 두 도시에서 라이브 콘서트가 있어서 일주일에 여섯 번을 무대에 서야 했다.

집에 있어봤자 상태가 좋아질 리도 없고, 홍콩과 중국 팬과의 만남 자체는 정말 기뻤다.

그런데 어떻게 해야 머터니티 라이프를 즐길 수 있는지는 도무지 모르겠다.

몸은 나른하고 위는 메슥거린다.

라이브를 마쳐도 동료들과 어울려 술을 마시러 가지도 못하고, 나는 혼자 침대에 누워 임신 관련 정보를 계속 검색했다.

혹시 오늘 태어나면 어떻게 되는 거지. 혹시 아이에게 무슨 일이 생기면 어떻게 해야 하지.

벌써 몇 번이나 본 글을 반복해서 읽는다. 정보를 과하게 접해도 안 좋다고 생각하면서도 정신을 차리면 휴대전화 화면을 몇 시간째 스크롤하고 있었다.

임신 생활은 순식간이 아니다. 임신부에게 유산이나 조산에 대한 불안을 품고 지내는 하루는 터무니없이 길다.

그런 시간의 대체 어떤 점을 즐기라는 소리야?

나는 행복보다 불안이 훨씬 웃도는 나날을 '간신히 50일, 간신히 100일' 하고 손가락을 꼽으며 지냈다.

머터니티 라이프는 힘든 일도 많지만, 또 기묘한 일도 많았다.

나 같은 경우는 입덧이 진정되기 시작한 15주 무렵에 갑자기 세계가 그로테스크하게 보이는 순간이 찾아왔다.

예를 들어 빨래를 마친 내 속옷이나 거실에 놓인 빈 맥주 캔처럼 평소라면 전혀 신경 쓰이지 않았을 물건이 마치 입을 벌린 식충식물처럼 보였다.

속옷에 달린 하늘하늘한 레이스는 벌레를 잡아먹기 위한 잎처럼 나부꼈고, 맥주 캔의 입구가 소화기관처럼 구멍이 뻥 뚫린 것처럼 보였다.

그 순간, 물건들에 내밀었던 손을 거두어들이는 내 가슴 언저리에 혐오감이 스쳤다.

기분 나빠.

왜 그런 일이 생기는지 전혀 모르겠지만, 그로테스크와는 완전히 동떨어진 물건을 보고 기분 나쁘다고 느끼는 나 자신이 내가 아닌 것 같아서 두려웠다.

임신은 때때로 나를 당혹스럽게 하고 놀라게 하고 두렵게 했다.

오가와 요코 씨의 『임신 캘린더』에 나오는 한 임신부도 자기 의사와 관계없이 몸 안에서 성장하는 아이에게 느끼는 당혹스러운 마음을 표현한다.

이 안에서 제멋대로 무럭무럭 부푸는 생물이 내 아기라는 사실이 도무지 잘 이해가 안 돼. 추상적이고 막연하고, 그렇지만 절대적이어서 도망칠 수 없어. 아침에 눈을 뜨기 전, 깊은 수면의 바닥에서 서서히 부상하는 도중에 입덧이나 M 병원이나 이 커다란 배 같은 그 전부가 환상처럼 여겨지는 순간이 있어. 그 순간에는 아 전부 꿈이었구나 싶어서 기분이 후련해져. 그래도 완전히 눈을 떠서 내 몸을 바라보면 인제 끝이야. 견딜 수 없이 우울해져. 그렇구나, 나는 아기를 만나는 걸 두려워하는구나, 이걸

나도 깨달아.

오가와 요코, 『임신 캘린더』에서

그래도 나는, 나를 당혹스럽게 하지만 아직 보지도 못하고 만지지도 못하는 생물에게 매일 말을 건다.

이를테면 라이브를 마친 후, 몇 건이나 되는 취재를 마친 후에 이렇게.

"오늘은 큰 소리가 났었지, 들렸니?"

"아침부터 바빴으니까 지쳤지?"

다만 이를 두고 모성이라고 하기에는 조금 위화감이 있다.

오해를 무릅쓰고 말하면 종교적인 감각과 비슷한 것 같다. 존재한다고 믿고 말을 거는 것은 어딘가 기도와 비슷한 느낌이 든다.

부디 무사하면 좋겠다. 부디 살아 있으면 좋겠다.

그렇게 바라며 아직 부르지 않은 배에 대고 나는 혼자 기도를 올렸다.

아무런 변화도 없는 복부에 말을 거는 행위는 옆에서 보면 기묘해 보일 것이다.

그래도 혼잣말처럼 말을 거는 내 모습을 보고, 어느새 남편이 참여하기 시작했다.

그는 텔레비전 방송을 녹화하러 가는 나(의 배)에게 이렇게 말을 걸었다.

　　"오늘은 텔레비전에 출연할 거야."

　　"배 속에서 착하게 있어야 한다."

　　임신을 발표한 날에는 "정말 많은 사람이 축하한다고 해줬어" 하고 기쁜 듯이 보고했다.

　　배가 불러오자, 점차 남편 이외에 여러 사람이 배에 대고 말을 걸기 시작했다.

　　뮤직스테이션에 출연했을 때는 MC인 타모리 씨가 "착하지, 수월하게 태어나야 한다!"라며 진지한 표정으로 '순산 기원'이라고 적어주었고, 엄마와 아빠는 감격에 벅찬 듯이 내 배를 바라보며 "앞으로 조금만 더 힘내믄 된다. 급하게 나오고 그라믄 안 된다" 하고 출신지인 간사이 사투리로 말을 걸었다.

　　멤버는 레코딩 중에 기타 음색을 확인할 때마다 "사오리의 아이에게 재즈 마스터의 기타 음색을 한 번 더 들려줘!"라고 말하고 "어떠니? 좋은 소리 같니?" 하고 웃으며 말을 걸었다.

　　머터니티 라이프는 즐겁지 않다.

　　몸 상태는 안 좋고 불안에 휩싸여 지내는 나날은 너무도 길다. 이 기간 없이 아이가 태어나주면 얼마나 좋을까, 솔직히 지금도 이렇게 생각한다.

그래도 지금 단계에서는 볼 수도 만질 수도 없는 배 속 아이에게 누군가가 말을 걸어줄 때, 나는 마음이 아주 든든해진다.

마치 같이 기도를 올려주는 것 같다.

배가 커다래진 지금도, 정말로 작은 아이가 내 안에 있다는 사실을 믿지 못하겠다는 기분이지만, 그래도 나는 계속 말을 걸 것이다.

이 마음이 전해진다고 믿고, 아이의 첫울음을 보며 미소 지을 수 있는 날까지.

불꽃

"사오리, 소설을 써봐."

밴드 보컬인 후카세가 말했다.

2012년, SEKAI NO OWARI가 첫 앨범을 내고 일본 전국 25개 도시에서 라이브 투어를 하던 도중이었다.

"소설? 왜?"

"너는 글을 잘 쓰니까."

"하지만 나는 블로그 이외에 글을 써본 적이 없는데 심지어 소설은……."

후카세의 말에 나는 말문이 막혔다.

소설을 읽는 건 좋아한다. 중학생 때부터 짤막한 일기를 써 왔으니까 글을 쓰는 습관도 있다. 그러니 소설 집필에 흥미가 있느냐고 누가 물으면, 그야 당연히 있다고 대답한다.

그렇지만 일기와 소설은 달라도 너무 다르다.

먼저 구체적으로 글자 수가 다르다. 내가 쓰는 일기는 많은 날이라도 1,000자 정도다. 소설은…… 도대체 몇만 자가 있어야 하지?

생각만 해도 머리가 아찔했다. 블로그를 쓸 때도 몇 시간이나 걸리는데 그렇게 긴 글을 쓰려면 시간이 얼마나 걸릴지 상상도 못 하겠다.

또 소설은 일기처럼 그날 생긴 일이나 느낀 점을 나만 알게 쓰면 되는 것도 아니다. 이야기를 창작하고 배경을 묘사하고 다른 사람이 이해하게 표현해야 한다.

그런 일을 그 글자 수로?

나는 지금까지 읽었던 소설의 정신이 아득해지는 글자 양을 떠올리며 후카세의 제안을 부드럽게 거절했다.

"무리야."

그러자 후카세의 표정이 갑자기 진지해졌다.

"해보지도 않고 무리라고 하지 마."

나는 입술을 깨물었다. 후카세는 항상 입버릇처럼 그렇게 말하곤 했다.

그는 도전이 무모하면 무모할수록, 모두가 무리라고 하면 할수록 그렇게 말한다.

"해보지도 않고 무리라고 하지 마."

확실히 일리 있는 말이다.

무리인지 아닌지는 해본 후에 정하는 게 좋다. 해보고 그래도 안 되면 포기하면 되는 것이다.

작품을 완성할 자신은 없었으나, 나는 해보겠다고 후카세 앞에서 고개를 살짝 끄덕였다.

방에 돌아와 뭘 쓸지 머리를 굴렸는데, 의외로 소설 소재는 금방 정했다.

내 인생을 토대로 각색하는 것이 지금 쓸 수 있는 이야기 중에서 제일 최선을 다할 수 있을 테니까.

이렇게 말하면 마치 선택지가 다수 있었던 것처럼 들리지만, 솔직히 그것 이외에는 떠오르지 않았다. 일상적인 일기만 썼던 인간이 갑자기 손에서 마법이 나오는 이야기를 창작하거나 사람을 죽이는 이야기를 쓸 수 있겠는가.

나는 컴퓨터를 켜서 첫 집필을 시작하려 했다.

"좋아, 어디에서부터 시작하지?"

아이디어가 조금씩 떠올랐다. 주인공은 나와 같은 여자애로 하자. 첫 장면은 학교가 좋겠다. 친구를 어떻게 사귀면 좋을지 고민하는 장면을 넣고 싶으니까 중학교로 해야지…….

후카세의 말을 듣고서 생각하기 시작한 건데, 화면 앞에 앉자 내가 줄곧 글을 쓰고 싶어 했다는 사실을 알았다.

기쁘고 동시에 조금 낯간지러웠다.

동경했던 문학이라는 세계에 도전하는 나를 주제넘는다고 생각하는 동시에 내심 기대를 품었다.

그렇게 무리라고 말했으면서, 어느새 내 이름이 적힌 책이 책장에 꽂힌 장면을 상상했다.

얼마든지 소설로 쓸 내용이 있을 것 같아서 나는 의기양양하게 키보드에 손가락을 올렸다.

"좋아……!"

그러나 그 순간 풍경이 바뀌었다.

키보드 위에 올린 손가락이 아무리 시간이 지나도 움직이지 않았다. 새하얀 화면 속의 가장 첫 글자를 입력할 지점에서 커서가 일정한 리듬으로 깜박였다.

음악을 만들 때 인트로가 시시하면 곡 자체가 시시하다고 주장하는 사람이 있는데, 그 이론을 적용하면 지금 내가 쓰려는 첫 글자는 가장 중요한 부분일지도 모른다.

제일 첫 글자. 앞으로 이 이야기를 맡기게 될 제일 첫 글자는……

그런 생각에 잠기자 내 머리는 어느새 새하얀 김을 푹푹 내뿜었다.

백지. 그게 내 집필 첫날이었다.

아무것도 쓰지 못한 채로 며칠이 지난 후, 일단 무작정 써보고 시시하면 나중에 지우자고 마음을 굳혔다. 쓰기 전부터 과도하게 생각하니까 머리도 몸도 딱딱하게 굳어버렸고, 나중에는 쓰는 문장까지 경직되는 느낌이었기 때문이다.

나는 컴퓨터 앞에 앉아 드디어 쓰고 싶었던 에피소드를 한 자 한 자 글로 풀어냈다.

피아노 이야기를 써보자. 내 고향인 오사카 이야기도 써보자. 10대 때 고민했던 정신질환에 대해서도 나름대로 생각한 점을 써보자.

글자 수가 조금씩 늘어나고, 순식간에 시간이 흘렀다. 그러는 동안, 돌아보지 않고 앞으로 나아가기로 정했다. 자꾸만 돌아보면 또 예전처럼 앞으로 나아가지 못할 게 분명하다고 생각했다.

SEKAI NO OWARI는 점점 더 바빠졌기에 나는 쉬는 날에

글을 썼다. 쉴 때만 쓰니까 어쩔 수 없이 진행 속도가 느렸으나, 자유로운 시간에 글을 쓰는 것은 참 충실한 나날 같았다.

쓰자, 일단 쓰자.

집필 작업을 이어갔다. 그때 나는 내 원고를 거의 다시 읽어보지도 않고 계속 썼다.

그렇게 2년이 지났을 무렵, 갑자기 내 원고를 출력해서 읽어보았다. 무엇이 계기였는지는 잊어버렸는데, 이미 분량은 100페이지에 글자 수로는 10만 자 정도의 글을 썼으니까 슬슬 읽어봐도 좋겠다고 생각했을 것이다.

나는 두툼한 복사 용지를 한 장 한 장 넘기며 내 작품을 읽었다.

쉬는 날을 몇 날 며칠이나 투자해서 쓴 글이다. 술을 마시고 싶은 마음도, 여행을 가고 싶은 마음도 꾹 참고 쓴 문장들.

내 노력을 확인하겠다는 마음으로 종이를 넘겼다.

그러나 절반을 조금 넘겼을 때부터 이변이 생겼다. 종이를 든 손이 땀에 젖었고, 침을 삼키는 횟수가 늘었고, 나중에는 손을 까딱할 수도 없었다.

소설은 기대와 달리 엉망진창이었다. 정리도 안 됐고 묘사도 이해하기 어렵고, 이야기가 사방팔방으로 멋대로 뻗어나갔다.

이 소설은 글렀다.

어깨가 축 처졌다. 2년이나 걸렸는데 이 작품은 쓰레기 같았다.

혹시 나는 지금까지 휴일에 부지런히 쓰레기를 쓰고 있었나. 느긋하게 몸을 쉬어주고 맛있는 음식을 먹으러 갔으면 좋았을 시간에 오로지 쓰레기를 제조했었나.

아악, 너무하잖아! 비명을 지르고 싶었다. 나는 비참함을 맛보며 내 방의 천장까지 닿는 책장을 올려다보았다.

저기에 내 이름이 실리기까지의 여정이 어쩜, 어쩜 이렇게 멀까.

2년간 노력했다. 그래도 무리였다. 나는 출력한 원고를 쓰레기통에 버리고 컴퓨터를 조용히 껐다.

그로부터 몇 개월 후, 후카세가 문득 생각났는지 소설에 관해 물어보았다.

"사오리, 소설 쓰던 거 어떻게 됐어?"

나는 노력해봤지만 도저히 완성할 수 없었다고 말했다. 하기 전부터 무리라고 말했던 2년 전과 달리 해보고서 무리인 줄 알았으니까 이제 어쩔 수 없다.

후카세는 조용히 그러냐고 맞장구치며 내 보고를 들었다. 그러더니 갑자기 이렇게 말했다.

"도중까지는 썼지? 그러면 편집 일을 하는 친구한테 읽어봐 달라고 하자."

나는 놀라서 눈을 휘둥그렇게 떴다. 우리 친구 중에 편집자가 있긴 하다. 그러나 소설을 완성하기 전에 보여준다는 생각은 전혀 못 했다.

나는 후카세의 제안대로 데이터를 보내기로 했다.

만약 편집자가 포기하는 편이 낫겠다고 말하면 이 원고는 그만 접겠다고 생각했다. 2년간 나 혼자 할 수 있는 일은 할 만큼 했으니까.

편집자에게서 금방 답변이 왔다.

"정말 좋아요. 그러니까 꼭 끝까지 써야 해요."

나는 울고 싶어졌다. 후카세는 옆에서 싱글벙글 웃었다. 그날부터 다시 쓰다 만 원고를 붙잡았다.

처음부터 플롯도 세우지 않고 썼으니까 내 집필 작업은 늘 난관에 부딪혔다. 쓰면서 이것도 아니야, 저것도 아니야 하며 수없이 같은 곳을 오가기만 하고 전혀 이야기를 진행하지 못한 날도 있고, 쓰다 보니 자꾸 아이디어가 샘솟아 예상보다 훨씬 더 이야기를 끌어간 날도 있었다.

음악을 만들 때도 '이게 정말 내가 만든 곡이야?' 싶어 믿을 수 없는 기분이 들 때가 있는데, 글을 쓸 때도 마찬가지로 어제 쓴 이야기가 마치 전혀 다른 사람이 쓴 것처럼 느껴질 때가 있다.

좋은 의미일 때도 있고 나쁜 의미일 때도 있다.

'이대로 쓰레기통에 처넣고 싶네.'

후자일 때는 이런 자기혐오에 빠져 전부 그만두고 싶어졌다.

나 자신이나 내가 쓴 글을 쓰레기라고 여기는 감각은 소설을 쓰는 도중 정기적으로 찾아왔다.

이런 쓰레기 같은 글밖에 못 쓴다면 다 집어치워. 넌 재능이 없어. 열심히 해봤자 무의미해. 머릿속에서 그런 소리가 들려 등에 식은땀이 흘렀다.

그래도 집필도 3년째에 들어서자 나는 소설 쓰기를 그만둘 수 없었다. 예전처럼 내팽개치거나 도중에 도망치고 싶다는 생각이 들면, 폐 근처가 삐걱삐걱 어긋나며 '싫어, 그만두지 않겠어'라고 생각하게 됐다.

4년째가 되자 드디어 이야기의 중심축이라 할 만한 것이 잡혔다. 땅에 뿌리를 내린 줄기가 생기자 새순이 움트는 것처럼 이야기가 펼쳐졌고, 가끔은 예상치 못하게 꽃이 피는 장면을 쓰는 날도 있었다.

5년째가 되자, 마침내 편집자가 마감을 정했다.

"무슨 소리예요! 당연히 불가능하죠!"

처음 마감 일자를 들은 날에는 거의 분노와 같은 감각에 휩싸였으나, 그래도 어떻게든 써내려고 나는 필사적으로 시간을 냈다.

나는 썼다. 5만 명 관객 앞에 선 돔 투어 후에. 텔레비전 방송에서 신곡을 선보인 후에. 아시아 투어를 하러 가는 비행기에서. 일하러 가기 전, 모두가 자는 조용한 아침에.

쓰고 또 쓰고, 그리고 많은 글을 지웠다.

마침내 소설 『쌍둥이』를 완성한 날을 나는 똑똑히 기억한다.

몇 번이나 이어진 교열 작업을 마치고 더는 수정할 수 없는 단계에 들어간 날 밤, 침대에 누웠더니 『쌍둥이』의 첫 화「여름날」부터 마지막 화「너의 꿈」까지가 고속으로 머릿속을 획획 달리며 빨리 감은 기계음 소리와 함께 재생되는 바람에 한숨도 자지 못했기 때문이다.

마지막의 마지막까지 악몽 같은 집필 기간이었다. 그런데 신기하게도 지금은 그 나날들이 참 애틋하다.

　책을 쓰는 동안, 나는 책을 거의 읽지 않았다. 책을 읽으면 쓰고 싶은 내용이나 문체의 리듬이 영향을 받을까 봐 걱정스러웠다.

　나는 책을 썼던 5년간을 멍하니 회상하며 내내 읽고 싶었던 책을 드디어 손에 쥐었다.

　그 책을 읽으면서 '아, 역시 이 책을 안 읽길 잘했어'라고 생각했다.

　이 문장의 의미를 이해할 때 읽어서 다행이다.

필요 없는 일을 오랜 시간을 들여 계속하는 건 두렵지? 한 번뿐인 인생인데 결과가 전혀 나오지 않을지도 모르는 일에 도전하는 건 두려울 거야. 무의미한 일을 배제하는 것은 위험을 회피하는 것이야. 겁쟁이여도, 착각이나 하는 인간이어도, 구제할 도리 없는 멍청이라도 좋아, 위험 가득한 무대에 서서 상식을 뒤엎는 데 전력을 다해 도전하는 인간만이 만담가가 될 수 있어. 그걸 깨달은 것만으로도 좋았어. 이 오랜 세월을 들인 무모한 도전 덕분에 나는 내 인생을 얻은 거야.

마타요시 나오키, 『불꽃』에서

나는 공부를 못해

나는 어제 본 텔레비전 프로그램을 떠올렸다. 자식을 죽이다니 귀신이라고 어떤 출연자가 말했다. 하지만 그렇게 단언할 수 있을까. 그녀는 자식을 죽였다. 그건 사실이다. 그러나 그 행위를 귀신 같다고 말하는 것은 제삼자가 붙인 엑스표 견해다. 어쩌면 타인은 헤아릴 수 없는 다양한 요소가 결합해 그런 결과에 이르렀을지도 모른다. 그녀는 교도소에서 자기 죄를 반성하고 있을 수도 있다. 아니면 마침내 마음의 평안을 얻어 평온하게 벌을 기다릴지도 모른다. 드러난 것은 자식을 죽였다는 사실뿐이지 거기에 덧붙은 이런저런 것은 무엇 하나 명백하지 않다. 우리는 감

**상을 늘어놓을 수는 있다. 그러나 그 이외의 것에 관해서는 권리
가 없다.**

야마다 에이미, 『나는 공부를 못해』에서

나는 책장에서 야마다 에이미 씨의 『나는 공부를 못해』를
꺼냈다.

읽고 싶은 책을 정기적으로 사서 꽂아놓으니까 내 책장은
작은 도서관을 이루었다.

신간부터 고전 명작에 이르는 다양한 장르 중에서 오늘은
이 책을 읽기로 정하고 의자에 앉았다.

책을 읽으면 시간이 맑아진다. 천천히 책장을 넘기는 소리
는 낙엽이 바람에 날려 바스락거리는 소리 같고, 전기난로의
소리는 멀리서 흐르는 물소리처럼 들린다. 나는 작은 도서관
속에서, 맑은 공기 속에서 자연스럽게 주인공인 히데미에게 이
입했다.

서두에 나오는 히데미의 말은 3년 전에 내게 생긴 사건을
차분히 회상하게 해주었다.

3년 전. 잠에서 깼더니 나는 논란거리가 되어 있었다.

SEKAI NO OWARI가 국립경기장에서 열린 이벤트에 출연

했던 시기였다.

트위터에 접속했더니 내게 수많은 말들이 쏟아졌다. "괜찮아요?" 하고 걱정하는 말부터 "건방 떨지 마"와 같은 질타까지, 다수의 의견으로 뒤덮였다.

도대체 무슨 일이 생긴 거야……?

나는 겁에 질려 뉴스를 읽기 시작했다. 그리고 서서히 핏기가 가셨다.

'세카오와 Saori도 격노?! 라이브를 앉아서 봐도 되는가? 안 되는가?'

뉴스 제목에 이렇게 적혀 있었다.

사건의 자초지종은 이렇다.

국립경기장을 철거하기 전 마지막으로 열린 이벤트였다. 우리 외에도 아티스트가 몇 팀 출연했는데, SEKAI NO OWARI는 두 번째 순서로 출연할 예정이었다.

국립경기장의 수용력은 6만 석.

스타디움 라이브는 처음이었던 데다 일본에서도 굴지의 수용력과 전통을 자랑하는 국립경기장의 마지막 이벤트에 참여하는 것이니까 우리는 평소보다 더 공들여 준비했고, 연습을 거듭하고서 당일을 맞이했다.

광대한 객석을 바라보며 우리가 연주하는 모습을 상상한다. 이 작은 의자 하나하나에 정말로 관객이 와줄까, 믿기 어려워서 내 심박수가 높아졌다.

그런데 공연 시작 후. 무대에 섰는데 위화감이 있었다.

어라, 영상에 이상하게 박력이 없네……?

무대 뒤에 거대한 LED 스크린을 설치했는데, 거기에 나오는 영상이 예정되어 있던 화각보다 확연하게 좁았다. 왜 이런 사고가 생겼는지 몰라 나는 동요했다.

그렇게 열심히 준비했는데 왜……?

안 그래도 넓은 공연장이니 제일 뒷좌석에서 우리는 겨우 쌀알처럼 보일 텐데, 영상이 작아도 너무 작았다.

라이브가 중반쯤에 접어들자 나는 그 생각으로 머리가 꽉 찼다. 입이 바싹 말라 연신 침을 삼켰다.

영상, 왜 이렇게 작은 거야……? 이렇게 작은 영상으로 우리 음악이 제대로 전해질까……?

낙담하다 못해 다 집어치우고 싶었다. 그때 멀리서 우리 밴드의 수건을 든 팬들이 보여 퍼뜩 정신을 차리고 피아노로 눈을 돌렸다.

"……이렇게 많은 관객 앞에서 연주할 수 있어서 기뻐요!"

나는 마이크에 대고 몇 번이나 이렇게 말했다. 그러나 마음속은 스크린 사고로 꽉 찼다.

제대로 전해졌을까. 영상은 가장 끝에 앉은 관객에게도 잘 보였을까.

결국 마지막까지 등 뒤의 영상에 정신이 팔린 채 나는 무대에서 내려왔다. 등 뒤에서 들리는 박수가 멀어지는 것이 허무했다.

영상이 작게 나가버린 원인은, 간단히 말해 휴먼 에러, 즉 스태프의 연락 실수였다. 라이브를 할 때마다 집요할 정도로 확인하는데, 그래도 어딘가에서 실수가 생길 때는 있다.

스태프는 진심으로 사과했다.

가장 큰 문제는, 관객 앞에서 생각해봤자 소용없는 일로 머리가 꽉 찬 나였다.

나에 대한 분노와 슬픔이 커다란 알약처럼 목에 꽉 걸린 상태로 나는 라이브 이후의 인터뷰를 연달아서 해야 했다.

마이크를 내민 인터뷰어들은 기쁜 표정으로 내게 바쁘게 질문을 던졌다.

"6만 명 앞에 선 기분이 어떠세요?"

"데뷔 4년 차에 대대적인 약진이네요!"

칭찬하는 말 하나하나가 상처를 찌르는 것처럼 가슴에 깊숙이 박혔다.

사고로 무대에 집중하지 못했는데도 나는 취재 중에 어마어마한 찬사를 받았다.

"최신곡도 오리콘 차트 1위. 대단한 활약이에요!"

"급성장한 밴드에 어떤 기분을 느끼세요?"

그런 질문이 괴로웠다.

솔직하게 아직 부족한 점이 많다고 대답하면 될 텐데 나는 반사적으로 이렇게 대답했다.

"기쁩니다."

한심한 나를 용납할 수 없어서 그날 밤은 좀처럼 잠들지 못하고 거실에 멍하니 앉아 있었다.

그러다가 나는 트위터에 접속했다. 내가 트위터에 올린 문장은 이랬다.

'살기등등해. 오리콘 1위에 올라도, 국립경기장에서 라이브를 해도 이런 기분이 들다니.'

'이런 밤에는 뭐라고 외치면 돼? 결과를 내지 못했다면 없었던 거나 마찬가지야. 노력상 따위 필요 없어.'

트위터에 쓰자 기분이 조금은 후련해졌다. 나는 답글을 확인하지 않은 채 휴대전화를 끄고 잠들었다.

그로부터 며칠 후, 내 트위터는 뉴스가 됐다.

트위터가 고스란히 뉴스가 되는 일이야 요즘 흔하지만, 그 제목이 내 의사와는 전혀 관계가 없었다.

'세카오와 Saori도 격노?! 라이브를 앉아서 봐도 되는가? 안 되는가?'

내용을 읽어보니, 우리 밴드의 공연 중에 관객이 자리에 앉았기 때문에 내가 분노한 마음을 발산했다는 기사였다.

?

나는 놀랐다. 애초에 무대 위에서는 6만 명이나 되는 관객 중 누구 하나가 일어섰는지 앉아 있는지 확인하기 쉽지 않다.

도대체 누가 이런 기사를 날조한 거야……?

놀란 것도 잠시, 내 트위터 계정에는 뉴스를 본 사람들이 보내는 메시지가 점점 늘었다.

"시건방져."

"연주 중에 앉는 게 뭐 어때서."

"우쭐거리는 것도 작작 해라."

파도처럼 밀려오는 적의 가득한 의견을 보며 나는 어떻게든

할 말을 찾았다.

아니에요, 제 이야기를 들어보세요.

뉴스에 적힌 것 같은 생각은 전혀 해본 적 없어요.

그러나 무슨 말을 해도 그보다 더한 적의가 몰려들 것 같아서 나는 설명할 수 없었다.

"안 되겠다."

트위터를 닫고, 나는 까매진 디스플레이를 기도하듯 움켜쥐었다.

조금이라도 빨리 잊어주기를 바라는 게 낫겠어.

내가 할 수 있는 일은 입을 다무는 것뿐이었다. 그 정도로 '여론'이라는 파도는 거대하고 두려웠다.

시간이 지나자 내 뉴스는 잊혔다.

비판하는 메시지는 사라졌고, 아무도 그 이야기를 꺼내지 않는다.

그래도 나는 지금도 종종 오해당했던 그때를 떠올리곤 한다.

이 세상에는 정보가 넘친다.

불륜, 부정부패, 연예인의 스캔들. 텔레비전에서는 매일같이 누군가가 규탄당한다.

열심히 일해서 내는 세금을 사욕을 채우기 위해 쓰면 당연히 화가 난다. 불륜 뉴스만 계속 보다 보면 "내가 저 남자의 아내였으면 절대 용서 안 해"라고 말하고 싶어진다.

그래도 꼴도 보기 싫다는 소리를 듣고, 이 세상에서 추방해버릴 기세로 규탄을 받은 사람 중에는 분명 이런저런 사정이 있는 사람도 있다고, 나는 생각한다.

진실과 전혀 동떨어진 보도가 나와버린 사람이나 두려워서설명조차 못 한 사람도 있겠지. 나는 뉴스를 읽으며 그때 나를덮친 파도를 떠올린다.

『나는 공부를 못해』의 주인공 히데미는 말한다.

나는 내 마음에 이렇게 말한다. 모든 것에 동그라미를 주자. 우선은 거기서부터 시작하겠다. 그 후로 점차 생길 수많은 엑스표를, 나는 느긋하게 선택해가겠다.

사라바

엄마가 책을 좀 빌려달라고 해서 나는 방 책장을 한 바퀴 쭉 둘러보고 고민했다. 흠, 뭘 빌려주지.

내 방에 책이 잔뜩 있는 걸 아는 엄마는 우리 집에 오면 가끔 책을 빌려 간다. 이번처럼 내게 추천해달라고 할 때도 있다.

잠시 고민하다가 나는 니시 가나코 씨의 책을 몇 권 골랐다.

니시 가나코 씨의 소설에는 간사이 출신 가족이 자주 등장한다.

『원탁』에 나오는 가족도, 『항구 마을의 니쿠코』에 나오는 니쿠코도 간사이 사람이다.

우리 부모님도 오사카에서 태어나 오사카에서 자란 100퍼센트 간사이 사람이다.

내가 특히 좋아하는 소설 『사라바』에도 천진난만한 간사이 출신 어머니가 등장한다. 우리 엄마가 『사라바』를 읽는 모습을 상상하자 무심코 웃음이 번졌다. 『사라바』에서 어머니가 크리스마스 선물을 위해 딸이 뭘 갖고 싶어 하는지 알아내려고 고심하는 장면이 있다. 그런데 고집스럽게 "산타 할아버지한테만 말할 거야"를 반복하는 딸에게 인내심이 끊어진 어머니가 결국 딸 앞에서 소리를 지른다.

"산타는 웁따!"

"산타 할아버지는 없어"도 아니고 "산타 할아버지는 안 와"도 아니고, "산타는 웁따!"라고 말하다니.

머 그렇게까지 말하나! 나도 모르게 사투리로 한마디 해주고 싶은 장면이다.

표준어 '없다'와 비교해 훨씬 거칠고 내치는 듯한 울림. 그래도 왠지 푸훗 웃음이 나오는 따스함이 있는 '웁따'라는 사투리.

니시 가나코 씨의 책을 엄마가 읽으면 거울로 자기를 보는 기분이 들지도 모르겠다.

"이거 또 엄청 두꺼운 소설이네."

"엄마 마음에 들 거야."

엄마는 집에서 반찬을 담아 가지고 온 종이봉투에 『사라바』 1, 2권을 넣고 방을 나갔다.

음악 스튜디오도 있는 세카오와 하우스와 내 본가는 차로 20분 거리여서 엄마는 자주 먹을 걸 가지고 온다. 그날도 된장 절임 생선이며 채소 조림, 소송채와 유부 조림을 가지고 왔고 된장국까지 끓여주었다.

어차피 두 명만 먹을 걸 알고 있으면서도 엄마는 늘 5인분은 되는 요리를 만들어 온다. 갑작스럽게 손님이 찾아와도 누구에게나 "배고프지 않아요? 식사할래요?"라고 물어볼 수 있는 상태로 해둬야만 마음이 놓이는 게 엄마의 성정이다. 간사이 사람은 다들 가방에 사탕이나 과자를 넣고 다니며 옆에 있는 모르는 아이에게 나눠주려는 면이 있다.

엄마에게 책을 빌려준 후에도 여전히 일이 남았다. 신곡을 위해 피아노 악구를 몇 개쯤 만들어야 했다. 나는 전기난로를 켜고 키보드에 컴퓨터를 연결했다. 방이 따뜻해도 건반은 썰렁하니 차갑다.

나는 피아노 소리를 녹음하고 지우고, 지우고 또 녹음하기를 반복했다. 헤드폰을 장시간 쓰고 있으면 귀가 압박을 받아

열이 난다.

마침내 악구를 세 개쯤 완성하고 멤버에게 데이터를 송신했을 때, 시각은 이미 심야 1시를 넘었다.

그럼 이쯤에서 끝낼까.

심호흡했으나 머리가 아직 맑았다. 내 머리는 일단 뭔가 시작하면 여간해서는 휴식 모드로 바뀌지 않으니까 따뜻한 음료라도 마시고 침대에 누우려고, 느릿느릿 거실로 연결된 계단을 내려갔다.

그러자 여러 명의 목소리가 거실에서 들렸다.

"우아―!"

"혼자가 되면 죽는다고!"

목소리로 보아 후카세가 친구를 데리고 와 공포 영화를 보나 보다. 후카세는 집에 친구를 자주 부르니까 거실에 갔더니 다양한 사람이 있는 일은 드물지 않다.

거실 문을 슬쩍 열었는데, 불을 꺼놔서 안이 어두웠다. 몇 명의 얼굴이 텔레비전의 빛을 받아 하얗게 빛났다.

어렴풋이 보이는 겁먹은 표정. 몇 명의 얼굴, 얼굴…… 그중에 엄마의 얼굴이 있었다.

"안 돼! 그리로 가면 안 된다! 가지 마라!"

후카세와 후카세의 친구 사이에 혼자 예순 살인 엄마가 어째서인지 섞여 있었다.

그들처럼 카펫 위에 앉아 그들처럼 가슴에 쿠션을 얹고, 안으로 빨려 들어갈 듯이 화면을 바라본다.

엄마……?

멍하니 서 있는데, 엄마가 나를 보고 천연덕스럽게 말했다.

"어머나, 아직 안 잤나?"

힘이 빠졌다. 엄마, 내가 할 말이야.

엄마는 공포 영화를 끝까지 보고, 후카세의 친구와 함께 감상을 주고받은 후에 만족스럽게 집에 돌아갔다.

2주 후, 일을 마치고 집에 왔는데 엄마가 또 부엌에 있었다. 엄마는 가지고 온 사과를 산더미처럼 깎고 있었다.

"저번에 빌려준 책 읽었는데 말이다, 재미있었어. 그런데 『사라바』에 나오는 누나, 사오리 어렸을 때랑 똑같더라."

"어? 내가 그렇게 엉망이었나……."

엄마는 몇 번이나 "어쩜 그렇게 똑같은지 재밌더구먼"이라고 말했다.

부모님은 간사이 사람이지만, 나는 두 분과 같은 간사이 사람은 아니라고 생각하는데.

우리 아빠를 '역시 간사이 사람이구나'라고 생각한 것은 중학교 1학년 무렵이었다.

역 앞의 작은 중국집에서 가족끼리 외식한 밤.

식사를 마치고 가게 밖으로 나오자 뺨에 닿는 바람이 차가워서, 나는 머플러를 단단히 고쳐 묶고 가족과 함께 집으로 걸었다. 한적한 주택가를 걷는데 어디선가 개 짖는 소리가 들렸다.

집 근처의 편의점이 눈부시게 빛을 내뿜었다. 아빠가 아이스크림이라도 사서 가자고 해서 빛 쪽으로 걸어갔다.

그때 나는 흠칫했다.

편의점 앞에 학교에서 가장 두려움의 대상인 양키 사메지마 선배가 있었다.

사메지마 선배는 다리를 벌리고 지면에 쪼그린 스타일, 말하자면 똥 싸는 자세로 앉아 담배 연기를 째려보는 것처럼 눈을 가늘게 뜨고 새하얀 연기를 내뿜고 있었다.

으악, 눈 마주치지 말아야지……. 나는 슬쩍 시선을 피했다.

조금이라도 기척을 없애고 싶어서 발소리가 나지 않게 발뒤꿈치를 아주 살짝 들고 걸었다. 딱히 저 사람 눈 밖에 난 건 아니지만, 그래도 무섭다.

혹시라도 얼굴을 기억하면 무슨 짓을 할지 모른다.

그러나 내 보잘것없는 노력은 순식간에 무의미해졌다.

"형씨, 춥지 않수?"

아빠가 사메지마 선배를 갑자기 형씨라고 불렀다.

나는 놀라서 말을 잃었다. 혀, 형씨?

왜? 대화해본 적도 없고 만나본 적도 없는 아빠가, 대체 왜 그런 호칭으로 선배를 부르는데.

힐끔 시선을 주자, 확실히 선배는 얇게 입어서 추워 보였다. 선배는 하얀 연기를 내뿜으며 아빠에게 대답했다.

"춥네요."

나는 불안해서 재촉하듯이 아빠의 니트 소매를 붙잡았다. 춥지 않수? 춥네요. 이것만 들으면 시인 다와라 마치 씨가 쓰는 유명한 짧은 시처럼 다정다감한 대화 같기도 하다. 그러나 상대는 문제아인 사메지마 선배와 그냥 생각난 대로 말할 뿐인 아빠다. 그런 마음 따뜻한 이야기가 될 리 없다.

딸의 기분도 모르고, 아빠가 계속 말을 걸었다.

"그렇지, 쌀쌀해졌으니까 얼른 집에 가지 않으면 감기 걸려."

"그건 그런데 가기 싫어서요."

"그래? 하기야 젊은 사람도 사정이 있으니까. 그래도 조금은 따뜻하게 입으슈, 그 차림으로는 너무 추워."

"그럴게요."

"몸 잘 챙기시고."

대화는 그렇게 끝났다. 긴장했던 공기가 풀려, 내 몸에 따뜻하게 피가 돌았다.

아빠는 아무 일도 없었다는 듯이 가게로 들어가 아이스크림 냉장고로 향했다. 오른손에 슈퍼 컵, 왼손에 초콜릿 모나카를 들고 고개를 갸웃거리며 뭘 살지 고민하는 아빠를 보며, 나는 생각했다.

아, 역시. 우리 아빠는 간사이 사람이었어.

간사이 사람은 생각한 바를 곧바로 입에 담는 경향이 있다. 간사이 사람이라고 통틀어 말해도 당연히 다양한 사람이 있지만, 도쿄 사람과 비교하면 머리와 입이 직결됐다고 해야 하나, 진지하게 고민하는 시간이 짧다고 해야 하나, 아무튼 생각한 바를 곧바로 말하는 것처럼 보인다.

아빠는 긴 행렬을 보면 "다들 뭘 기다리는 겁니까?" 하고 모르는 사람에게 말을 걸고, 새까맣게 선팅한 차가 쭉 늘어선 광경을 보면 "왜 이런 초라한 역에 야쿠자가 있어?" 하고 야쿠자에게 들릴 정도의 음량으로 아무렇지 않게 말한다.

그때마다 나는 놀라서 허둥거리고 간담이 서늘해지고, 마지막에는 늘 기운이 빠져 한숨을 내쉬곤 했다.

우리 밴드가 데뷔한다고 말했을 때도 그랬다.

엄마 아빠, 우리 밴드의 CD가 나올 거야. 음반 가게에 진열될 거야. 어쩌면 라디오나 텔레비전에서 우리 노래를 틀어줄지도 몰라.

내가 흥분해서 말하자, 아빠는 기쁨과 놀라움이 섞인 표정으로 "오오오!"라고 연신 감탄했고, 엄마는 "정말 열심히 했구나, 다행이다"라며 눈가를 훔쳤다.

그런데 잠시 후에 갑자기 아빠가 진지한 표정으로 이렇게 말했다.

"그나저나 내 DNA 어디에 그런 재능이 있었나……?"

그러자 엄마가 즉각 대꾸했다.

"뭔 소리래, 당신 거 아니다!"

하아, 힘이 빠진다.

우리 부모님은 정말이지 니시 가나코 씨의 소설에 나오는 가족 같다.

꽃벌레

엄마가 된다는 것은 뭘까.

임신 사실을 안 이후, 서서히 불러오는 내 배를 보며 나는 그런 생각에 잠겼다.

이론상으로는 아이를 출산한 순간부터 나는 아이에게 부모가 되고 엄마라는 존재가 된다. 그러나 정말 아이가 퐁 태어난 순간부터 '어머나, 엄마가 됐구나'라고 진심으로 생각할 수 있을지, 나는 의심스러웠다.

지금까지 내 몸에 관한 모든 것은 내게 소유권이 있었다. 머리카락을 자르는 것도, 화장실에서 배설물을 내보내는 것도 내 자유다. 30년 넘게 살아오면서 내 몸에 대한 당연한 규칙이었다.

그런데 이번에는 내 몸에서 내 것이 아닌 생명체가 나온다지 뭔가.

내 몸이 태어나서 처음 겪는 기절초풍할 사태다. 이런 것도 출산이라는 과정을 겪으면서 누구나 순순히 받아들이는 걸까.

이윽고 산달이 되어 그날이 머지않은 미래가 된 후에도 나는 내가 엄마가 된 모습을 좀처럼 상상할 수 없었다.

커다란 배를 안고, 나는 아야세 마루 씨의 소설집 『치자나무』의 「꽃벌레」라는 단편을 읽었다.

때때로 움푹움푹 움직이는 배 속 아이에게 책을 지탱하는 팔을 걸어차여 하드커버 책이 흔들리는 모습을 즐기면서, 나는 느긋하게 이야기를 읽어나갔다.

그러다가 이제 막 아이를 낳은 엄마의 감정을 적은 부분을 발견했다.

나는 무심코 책 끝을 접고서 배를 쓰다듬었다.

"나도 이제 곧 이 기분을 알려나……."

엄마가 되는 것은 도대체 어떤 느낌일까. 내 생활은 오늘도 내일도 '엄마가 되는 게 오늘일지도 몰라'라는 긴장감으로 채

워졌다.

스튜디오에 가 피아노 녹음을 하고, 오늘은 아무 일 없이 지나갔다고 안심하며 하루를 마친다. 마감 앞둔 원고를 마무리하고 편집자의 답변을 읽으며 오늘도 평온하게 끝났다고 안심하며 침대에 눕는다.

가끔 배가 찌르르 아프면 '혹시 이게 진통일지도 몰라' 하고 몇 초간 멈춰 내 몸을 확인해보지만, 마지막까지 일하는 중에 진통이 오는 일은 없었다.

그러다가 기다렸다는 듯이 모든 일을 마친 후, 예정일에 딱 맞춰 진통이 왔다.

초산 때의 평균 출산 시간은 15시간을 넘는다고 한다.

그 말을 들었을 때는 왜 그렇게 오래 걸리나 놀랐는데, 나도 진통이 시작된 후로 순식간에 10시간이 지났다. 10시간은 그렇게 짧은 시간이 아닐 텐데, 시공이 일그러지기라도 했는지 순식간에 지난 10시간이었다.

진통을 기록하는 기계가 시간 경과에 따라 점점 큰 파문을 그렸다. 조산사들이 바쁘게 병실에 들어왔고, 아기를 눕히는 침대나 검사에 쓰는 기구가 하나둘 늘었다.

진통이 시작되고 12시간. 마침내 그때가 왔음을, 문을 열고 들어온 의사의 표정이 알려주었다. 입 안이 시큼해져서 나는 꿀꺽 침을 삼켰다.

지금부터 나는 엄마가 된다. 앞으로 30분, 아니 앞으로 10분 안에 엄마가 될지도 모른다. 그러나 정말로 엄마가 될 수 있을까. 물론 안 되면 안 되지만, 그래도 이 순간부터 갑자기 엄마가 된다니 역시 말도 안 되는 일이야……

"힘을 줘요!"

의사의 외침을 듣고 놀라서 하복부에 힘을 주자, 몸 안에서 무언가가 스르륵 빠져나가는 감각이 있었다. 아프다기보다 하반신을 미지근한 것이 통과하는 감각이었다.

나도 모르게 하복부로 시선을 주자, 의사가 검붉은 작은 덩어리를 손에 안고 있었다. 저게 내 배에서……?

어안이 벙벙했다.

"응애응애!"

그러자 곧바로 힘없는 울음소리가 들렸다.

순식간에 벌어진 일이었다. 생각보다 조용한 울음이었다. 그 소리를 들은 순간, 마음 깊은 곳에서 지켜주고 싶다는 감정이 솟구쳤고, 눈물이 내 뺨을 타고 줄줄 흘렀다.

남편도 엄마도 나처럼 울었다. 의사가 환하게 웃으며 아기가 건강하다고 말해주었다. 조산사들도 모두 웃고 있었다. 평화롭고 행복한 순간이었다.

나는 생각했다. 엄마가 된다는 건 이토록 평온하고 다정한 기분이구나. 엄마가 된다는 것은 마치 잔잔한 바다처럼 편안한 기분이었다.

대지를 살그머니 품는 바람처럼 갓난아기를 안고, 새의 지저귐을 찬미하는 목소리로 말을 걸었다.

안녕, 아가야. 엄마가 되는 건 평화의 상징이 되는 거였어. 그때는 순진하게도 확신했다.

그러나 출산 직후의 사랑스러운 '응애' 소리는 차츰차츰 변화했다.

'응애'는 며칠 후에 '으갸아'로 바뀌었고, 나중에는 '으갸악! 으갸악!'으로 성장했다.

응애의 3단 변화. 변화와 함께 음량도 커진다. 이런 작은 몸에서 이렇게 큰 소리가 나오다니. 감탄은 아주 찰나, 이 '응애'의 3단 변화는 밤에 잘 시간이면 반드시 나타나 내 몸을 두세 시간마다 후려쳤다.

시간 불문하고 이루어지는 수유, 응애, 수유, 응애, 기저귀 갈기. 그걸 반복하다 보면, 배도 부르고 기저귀도 깨끗한데 아기가 계속 울어댈 때도 있었다.

이게 평화의 상징인가.

아이가 태어나고 한 달. 나는 자지 못하는 나날을 살았다.

신기하게도 아무리 깊이 잠들어도 아이가 "응애" 하고 소리를 내면 눈이 떠졌다. 아무리 작고 힘없는 '응애'여도 전기가 통한 것처럼 몸이 번쩍 반응해서, 거의 잠을 못 잤는데도 나는 곧바로 일어나 연약한 표정을 지은 아이를 안아 들었다.

아이가 울려고 하는데 그냥 손 놓고 지켜볼 수는 없었다.

아기가 사랑스러워서나 안아주고 싶어서 같은 감정과는 관계없이, 그렇게 할 수밖에 없었다는 표현이 옳다.

울음소리가 마치 경고음과 같이 가만히 듣고 있을 수 없는 불안한 소리로 들렸다.

탯줄을 잘랐을 텐데 여전히 나와 아기가 어딘가에서 이어졌다고 착각할 것 같은 감각이었다.

응애의 최종 형태인 '으갸악!'이 되면, 마치 방 안에 응급 상황을 알리는 빨간 램프가 점등되고 사이렌이 요란하게 울리는 것 같아서 나는 당장 이 상태에서 벗어나야 한다는 기분에 사로잡힌다.

그런데 왜지, 남편은 아이가 울어도 얼마든지 잘 수 있었다. 솔선해서 아이를 돌보고 늘 다정한 남편이 밤만 되면 이 '으갸악! 으가악!'의 비상사태에는 전혀 무반응으로 새근새근 잠을 잤다.

이런 상황에서 잘 수 있다는 걸 믿을 수 없어 나는 처음에는 너무도 슬퍼졌다. 어째서인지 이해하지 못해 밤중에 혼자 망연자실한 날도 있었다.

그러다가 정말로 울음소리를 들어도 깨지 않는다는 것을 이해하고, 나 자신에게 엄마로서 시스템이 갖춰졌다는 사실을 깨달았다.

엄마가 되는 것은 갓난아기 뒤치다꺼리를 할 수밖에 없는 것 아닐까. 아기가 금방 죽어버리지 않도록, 우는 내내 방치되지 않도록, 엄마는 아무리 지치고 졸려도 눈을 뜨게 되어 있다.

참 잘 만들어졌다. 인체의 신비가 아닐까. 인류가 이런 식으로 종족을 오래오래 이어왔다는 생각이 들어서, 나는 숨을 내쉬며 침대 곁에 둔 책을 들었다.

새벽 5시를 지난 시각이었다. 이런 시간에 문득 책을 펼친 것은 내 감정을 긍정해주기를 바라서다.

내 아이가 사랑스럽고 벅차도록 행복하지만, 초보 엄마로서 지칠 대로 지친 내 감정을.

아하. 나는 책을 펼치고 몇 번이나 고개를 끄덕였다.

입원 중에는 아직 감이 오지 않았던 말이 이번에는 온도와 촉감을 지녔다.

특히 대단했던 게 갓난아기의 울음소리다. 아아, 내 몸의 중심을 뒤흔들어 얼른 울음을 그치게 해야 한다는, 불에 덴 듯한 초조감을 자극한다. 아이가 조금 칭얼거리기만 해도 나는 몸에 이상한 약이라도 들어온 것처럼 제대로 숨을 쉴 수 없고, 심장이 떨리고, 불안해져서, 아무리 지쳤어도 일어나 돌보지 않고는 못 배겼다. 신기하게도 아이의 울음소리가 품은 마력은, 아이가 우는데도 평안하게 잠든 유진에게는 통하지 않는 것 같았다.

아야세 마루, 「꽃벌레」에서

점점 꾸벅꾸벅 졸기 시작해 나는 책을 탁 덮었다. 드디어 잘 수 있겠다 싶어 천천히 눈을 감았다. 오늘 하루도 순식간에 흘러갔다. 눈을 감고서 아주 조금 성장한 내 아이의 모습을 그렸다.

그러자 옆에서 "응애" 하는 울음소리가 들려왔다.

꿈의 무대, 부도칸

서점에서 가장 눈부신 곳은 단행본 코너다.

일본의 책은 크기에 따라 문고본과 단행본 두 종류로 분류되는데, 나는 늘 빛에 빨려드는 듯이 서점 제일 앞에 평평하게 놓인 단행본 앞에 걸음을 멈춘다.

다양한 색깔의 표지가 놓인 광경을 보면 꼭 케이크 가게 앞에 있는 것 같다. 쇼트케이크, 치즈타르트, 초콜릿 무스.

나는 마음속으로 손가락을 입에 물고서 차분히 살펴보다가 간신히 한 권을 고른다.

진열장에 놓인 케이크가 전부 다른 빛으로 나를 유혹하는 것처럼 단행본에도 개성이 있다.

책에 따라 쓰인 종이가 다르므로 손에 들었을 때의 감촉이 하나하나 다르다. 까끌까끌한 책, 미끈미끈한 책, 올록볼록한 책. 또 페이지를 넘기면 안에 끼워진 면지도 하나하나 다르고, 제목에 쓰인 서체도 다르다.

또 커버를 벗기면 새로운 표지도 나타난다. 커버보다 얌전한 디자인일 때가 많아서 광고를 뺀 소박한 모습을 보는 기분이다.

그 전부를 손가락으로 더듬으며 어떤 이야기가 담겨 있을지 상상한다. 검지와 중지로 종이를 쓰다듬다 보면 빨리 전부 알고 싶어서 안달이 난다.

재미있겠다, 뭐로 할까. 오늘은 두 권을 사 갈까.

이런 생각에 잠겨 서 있는 이 시간을 정말 사랑한다.

그러나 문고본이 가격도 저렴하고 가지고 다니기 편한 크기여서 기능적인 면에서 분명 뛰어나다. 더 나아가 수천 권이나 들고 다닐 수 있는 전자책이라면 압도적으로 편리하다.

그래도 내가 단행본 코너에서 걸음을 멈추는 것은 아마도 가격이 저렴하지 않고 들고 다니기 어렵고 하나하나 크기가 다르기 때문이 아닐까.

나에게 주는 선물로 산, 문고본보다 큼직한 표지. 묵직한 무게감을 확인하며 통학용 가방에 넣는 것이 기뻤다.

비효율적인 것이 반드시 나쁘지는 않다.

사람은 간단히 얻을 수 있는 것보다 수고를 들이고 시간을 들이고 돈을 들이는 쪽을 훨씬 더 사랑할 때가 있다.

이는 아마 음악을 듣는 데도 들어맞을 것이다.

CD 문화는 해마다 쇠퇴하고, 지금은 시대가 스트리밍 서비스로 이행하려 한다.

그것 자체는 지금의 라이프스타일에 맞으니까 옳다. 그러나 실제로는 불법 음악 사이트에서 무료로 듣는 사람이 더 많을 수도 있는 게 현실이다.

이렇게 온라인에서 무료로 음악을 듣는 상황이 이어지면 아티스트나 레코드 회사가 버는 돈이 줄어들어 음악 문화가 쇠퇴하리라는 지적까지 나온다. 나 역시 뮤지션으로서 위기감을 느낀다.

수많은 뮤지션이 매 순간 돈을 걱정하며 음악을 제작하고 판매한다면, 쇠퇴한다고 단언까지는 할 수 없어도 변화는 반드시 찾아온다고 생각하니까.

변화하는 것은 음악 문화 그 자체나 제작하는 쪽만은 아니다.

음악에 수고나 시간이나 돈을 들이지 않게 된 순간, 사람들은 분명 무언가를 잃는다.

잃어버리는 무언가는, 어쩌면 자신이 소중하게 간직해온 기억 그 자체일지도 모른다.

열한 살 때 처음으로 CD를 사러 갔다.

KinKi Kids의 데뷔곡 〈유리의 소년〉을 데뷔 방송에서 듣고 충격을 받아 생일에 할머니가 주신 돈을 쥐고 태어나서 처음으로 레코드숍에 갔다.

레코드숍은 지금까지 내가 갔던 그 어떤 가게와도 달랐다. 매대의 광고 하나만 봐도 장난감 가게에서 흔히 보는 어린이 대상으로 만든 것은 전혀 없고, 디자인이 세련됐다.

번쩍이는 투명 비닐에 든 CD가 진열된 가게에서 나는 세로로 긴 CD 패키지 하나를 쥐었다. 지금은 싱글 CD도 정사각형 재킷 안에 정규 앨범과 같은 크기의 디스크가 들어 있는데, 그 당시에는 싱글 CD의 재킷이라면 직사각형이었다. 디스크도 지금보다 훨씬 작았다.

나는 잔뜩 긴장해서 계산대로 갔다.

재킷에 새겨진 KinKi Kids의 도모토 코이치 씨와 도모토 쓰요시 씨를 바라보는데, 두 사람이 재킷 안에 사는 것 같다는 생각까지 들었다. 이 세상에 진짜로 살아 있을 것 같지 않았다.

코이치, 대박, 완전 멋있어.

나는 특히 코이치 씨의 팬이었다. 초등학생 시절의 나는 왠지 머리가 긴 남성에게 끌리곤 했다. 머리가 길다는 이유로 SHAZNA의 IZAM 씨도 좋아했다. 남성이 긴 머리를 어깨 위에서 흔드는 모습이 초등학생인 나의 마음을 꿰뚫었다.

사진에 푹 빠진 사이 앞 사람의 계산이 끝나, 나는 허둥지둥 계산대에 직사각형 CD 재킷을 내밀었다. 손에 땀이 나서 투명한 비닐이 습했다.

소중히 들고 온 CD는 할머니 집에서 뜯었다. 표지의 얄팍한 종이를 들추자 안에 작은 우주선이 들어 있었다. 손바닥 크기의 은색 원반이 형광등에 비쳐 일곱 가지 색으로 빛났다. 나는 망가지지 않도록 그것을 소중하게 꺼내 가만히 CD 플레이어에 올렸다.

재생 버튼을 누르자 음악이 시작할 때까지 잠깐 공회전했는데, 그게 우주선이 날아가는 소리처럼 들렸다. 두 사람의 노래를 손에 든 가사 카드를 보며 쫓아갔다.

나의 마음은 금이 간 유리구슬 들여다보면 네가 거꾸로 비쳐
Stay with me 유리 같은 소년 시절의 파편이 가슴에 꽂히네

어쩜 이렇게 멋있지. 초등학생인 나는 정신없이 가사의 의미를 생각하며 CD를 반복해서 들었다.

'거짓말을 할 때 깜박이는 버릇이 멀리 떠나가는 사랑을 알려줬어'라는 가사가 어떤 상황인지 당시 나는 이해하지 못했으나, 왠지 모르게 어른스러운 의미가 있는 것 같아 곁에 있는 할머니에게 의미를 묻지 못했다.

'입술이 부을 정도로 속삭였어' '비단 같은 머리카락에서 나는 내가 모르는 향'

가사에 적힌 내용은 내 인생과는 멀리 떨어진 세계일 텐데도 이상하게 가슴이 두근두근 뛰었다. 알아서는 안 되는 세계를 엿본 기분이었다.

CD 플레이어에 몇 번이나 세팅해서 작은 원반이 닳아 떨어질 정도로 돌렸는데, 뚜껑을 열었더니 CD는 반짝반짝, 여전히 신품 우주선이었다. 그대로 하늘로 날아갈 것 같다고 생각하며 나는 CD를 반복해서 들었다.

그것은 나를 어른의 세계로 데려가려고 온 작은 우주선이었다.

돈을 지불한다는 건 자기가 무엇을 갖고 싶어 하는지, 자기가 무엇에 만족할지, 무진장 생각한 끝에 선택했다는 말이잖아. 돈도

내지 않고 뭐든지 그냥 있는 것 중에서 계속 갖게 되면 말이야, 자기가 어떤 사람인지 모르게 돼. 돈을 내지 않았으니까 기대에 미치지 않아도 그냥 됐어 뭐, 하게 된다고. 엄청 좋은 것을 갖더 라도 운이 좋았다고 생각할 뿐이야. 어느 쪽이나 같은 거리에 있다고 해야 하나.

아사이 료, 『꿈의 무대, 부도칸』에서

확실히 무료로도 전부 가질 수 있는데 일부러 유료를 선택 하기는 어렵다.

딱 한 번 클릭하면 손에 들어오는데, 노력을 들여 가게에 가 는 것을 비효율적이라고 생각할 수 있다.

지금은 수고나 귀찮음은 일부러 선택하지 않는 한 얻지 못 한다.

그래도 서점에 가서 단행본 코너에 계속 들르는 것은, 초등 학생 때 샀던 CD의 추억을 지금도 소중하게 여기기 때문이다. 유리 같은 소년 시절의 파편은 분명히 내 가슴에 꽂혀 있다.

시하가 있는 거리

본인은 의식하지 않아도 모든 인간의 머릿속에는 BGM이 흘러. 그 자리에 어울린다고 그 사람이 생각하는 BGM. 우울한 사람은 슬픈 곡. 들뜬 사람은 밝은 곡. 그러니까 같은 순간 같은 곳에서 같은 것을 봐도 받아들이는 인상은 사람에 따라 달라.

야마모토 히로시, 『시하가 있는 거리』에서

나는 주인공 시하의 이 대사를 읽고, 나도 모르게 무릎을 치며 외쳤다.

"그렇구나!"

나는 기분 전환에 굉장히 서툴다. 일단 감정에 지배당하면 빠져나오기까지 늘 고생이다.

지금은 그런 생각을 해도 소용없어, 생각해봤자 시간만 아까워, 머리로는 이렇게 똑똑히 이해하는데, 정신 차리고 보면 몇 시간이나 화를 내고 슬퍼하느라 바쁘다.

예를 들어 아침에 잠에서 깬 순간, 기분이 나쁠 때가 있다.

번쩍 눈을 뜬 그 순간, 폐 부근에 흙탕물 같은 것이 떠다녀 제대로 숨을 쉬지 못한다.

침대에 누워 호흡을 가다듬으면서 이게 대체 무슨 일인지 가슴에 손을 얹고 생각한다.

'아아…… 혹시 그 일이 계속 마음에 걸려서 이러나…….'

이렇게 흙탕물의 정체를 짐작해본다.

그 대부분은 지금 생각해도 소용없는 것들뿐이다.

"뭐람, 아무래도 상관없는 게 생각났네."

이렇게 치워버리면 그걸로 끝이다.

그러나 나는 몇 년 전에 나를 다뤘던 인터넷 뉴스를 떠올리고는 '제대로 조사도 안 하고 아무렇게나 글을 쓰다니 너무해!' 하고 갑자기 화를 내고, 한참 전에 했던 라이브 공연을 떠올리고는 '그때 했던 말은 너무 촌스러웠던 것 같아' 하고 우울해한다.

그럴 때면 정말로 머릿속에 BGM이 흐른다. 무의식적으로 볼륨을 끝까지 올려, 그저 눈을 뜬 순간 문득 생각났을 뿐인 사소한 분노를 대음량으로 재생한다.

머릿속에 BGM이 흐른다면, 나는 틀림없이 화가 났을 때는 화를 더욱 부채질하는 곡을, 우울해할 때는 더욱 우울해지는 곡을 머릿속에 틀었을 것이다.

화가 났을 때, 나는 아마도 매릴린 맨슨의 〈파이트 송The Fight Song〉을 머릿속에서 수없이 재생해왔으리라.

불타는 분노와 결의를 노래하는 그 곡에서 매릴린 맨슨은 절규하듯이 이런 가사를 불렀다.

I'm not a slave to a world that doesn't give a shit.

(나는 내게 아무 관심도 없는 세상의 노예가 아니야.)

그가 이 구절을 부르며 내는 목이 찢어질 듯한 소리를 들으면, 나도 모르게 팔을 번쩍 들고 찬동하고 싶어진다.

"맞아, 맞아!"

"나도 노예가 아니야!"

인터넷 뉴스가 태연자약하게 얼토당토않은 소리를 적었을

때, 나는 분노의 불꽃에 이 곡을 지펴 더욱 격렬한 불똥을 휘날리며 불타올랐을 것이다.

〈파이트 송〉을 쭉 들으면, 매릴린 맨슨이 목숨을 깎는 것처럼 몇 번이고 '파이트fight'라고 비명을 지르는 구절에 돌입하는데, 그 목소리의 응원을 받으며 허위 사실을 쓴 기자를 떠올리면 '그런 개똥 같은 놈에게 질 것 같냐!'라는 기분이 들었다.

개똥 같은 놈 같은 말은 평소 절대 쓰지 않지만, 그의 노래를 들으면 말투까지 바꿔 생각하게 되니 신기했다.

냉정할 때의 나라면 아무리 심한 기사를 적었더라도 '남의 기분을 이해하지 못하는 사람이네' 정도로 그칠 텐데, 그의 음악은 내 성격을 바꿀 만큼 나를 흥분하게 한다.

우울할 때는 틀림없이 너바나의 〈썸딩 인 더 웨이Something In The Way〉를 재생했다.

어두운 곡이 많은 너바나의 곡 중에서도 유독 어두운 이 곡을 들으면, 시큼한 냄새가 나는 뒷골목이나 곰팡이 낀 콘크리트 냄새가 풍기는 지하처럼 위생적이지 않은 곳이 떠오른다.

그런 곳에서 너바나의 보컬 커트 코베인이 수없이 반복해서 노래한다.

Something In The Way.

(무언가가 내 길을 막았어.)

마치 절벽 위에서 날뛰는 바다를 내려다보며 가만히 중얼거리는 것만 같은 목소리여서, 나는 내 라이브 공연을 떠올리며 자기혐오에 빠진다.

"그때 왜 그런 말을 했을까?"

"건방지다고 생각하면 어쩌지."

"아, 부끄러워. 그냥 긴장했을 뿐인데 도대체 나는 왜 매번 말을 제대로 못 하지."

마지막에는 나를 향해 과도한 비방과 중상을 퍼붓는다.

"애초에 나는 재능이 없으면서 재능이 있는 척 꾸며서 여기까지 왔을 뿐이야. 나는 가짜야. 언제 가짜인 걸 들킬지도 모른다고 두려워서 항상 겁에 질린 주제에."

두 곡 모두 학창 시절부터 좋아하던 노래다. 다만 화를 그만 내고 싶을 때 머릿속에서 매릴린 맨슨의 노랫소리가 흐르면 흥분해버리고, 우울할 때 커트 코베인의 노랫소리를 들으면 역시 더 음울해진다.

화가 났을 때 냉정해질 수 있는 BGM을 틀면 좋을 텐데. 우울할 때 희망을 품는 음악을 머릿속에 재생할 수 있으면 좋을 텐데.

그럴 수 있다면 그게 제일인 줄은 알고 있다. 마치 주크박스의 다이얼을 돌리는 것처럼, 분노로 달아오르려고 할 때 마음을 차분하게 할 수 있다면 세상 힘든 게 없다.

"그렇게 생각하지 않아?"

책을 읽으며 나는 밴드 멤버인 DJ LOVE에게 물었다.

"으음. 나는 애초에 화가 나거나 우울한 적이 잘 없어서."

"하긴……."

생각해보니 그와는 벌써 10년 이상 가깝게 지내는데 화를 내는 모습도 우울해하는 모습도 거의 본 적이 없다.

아무리 살얼음판 같은 현장에 있어도 발랄하게 겐다마* 기술을 선보이는 그의 머릿속에는 항상 쓰고 있는 피에로 가면에 어울리는 음악이 흐르려나.

라이브 공연의 퍼포먼스를 놓고 매섭게 주의를 받은 직후에 무슨 라면을 먹으러 갈지 신나게 기대할 수 있는 건, 아마도 머릿속에 행복한 음악이 흐르는 덕분일 것이다.

인간은 모두 그래. 스위치를 살짝 바꾸기만 해도 살인마가 되고 방화범이 돼. 그렇다면 역방향으로 바꿀 수도 있지 않겠어?

『시하가 있는 거리』에서

역시 DJ라고 이름을 댈 만하다. 나는 아직 심각한 상황에서 폴짝폴짝 뛰고 싶어지는 노래를 트는 곡예는 할 수 없다.

그처럼 머릿속의 음악을 바꾸게 되기까지는 시간이 걸릴 것 같다. 책을 읽으면서 나는 아주 조금 러브에게 존경심을 품었다.

● 막대기와 구슬로 이루어진 놀이 기구. 줄 달린 구슬을 막대 위에 올리는 다양한 기술을 선보이며 논다. DJ LOVE의 취미라고 알려진다.

악동 일기

막 고등학교에 올라갔던 시절, 나는 처음으로 산 스케줄러를 언제나 소중히 들고 다녔다.

어떤 스케줄러를 살지 고민한 끝에 천 재질의 표지에 세련된 영어가 적힌 것을 골랐는데, 나는 그 스케줄러에 참 다양한 것을 썼다.

학교 시간표부터 피아노 수업이나 아르바이트 일정, 숙제 기한. 이 정도라면 일반적인 사용법이지만, 나는 거기에 봤던 영화의 제목과 마음에 든 음악, 맛있게 먹은 음식, 내 기분까지 나중에 추가해서 적었다.

단순히 스케줄러를 어떤 내용으로든 채우고 싶어서 그랬다. 어렸을 때, 회사원이 들고 다니는 것 같은 새까만 스케줄러를 동경했다.

나는 그렇게까지 바쁘지도 않은데 몹시 바쁜 듯이 필요도 없는 정보를 스케줄러에 적었다. 남에게 보여줄 것도 아니면서, 딱 봤을 때 뭐가 적혔는지 모를 정도로 빽빽하게 적힌 글들을 보면 만족스러웠다.

집에 오면 곧바로 스케줄러를 펼치는 날도 잦았다. 예정을 확인하기 위해서가 아니라 오늘 일을 기록하기 위해 책상에 앉았다.

예를 들어 대학 입학을 준비하던 2004년 1월에는.

'오늘은 하이든의 소나타를 연주했는데, 선생님에게 밀랍 인형 같은 연주라는 소리를 들었다. 그저 입시를 위해 피아노를 치는 심정이 소리로 표현됐나 보다.'

대학에 입학해 피아노 교습 아르바이트를 했던 2007년 1월에는.

'새로 피아노를 가르치기로 한 학생은 네 살. 레슨 중에 브리지*를 칠 줄 안다고 해서 대단하다고 칭찬했더니, 레슨 시간 내내 브리지를 쳤다.'

당연하게도 스케줄러는 예정을 확인하는 본래 기능을 잃었

다. 본래 중요했을 시간이나 장소 같은 정보는, 오늘 학교에 지
각했다느니 피아노 발표회에서 미스 터치가 많았다느니 하는,
나중에 추가한 정보에 지워져 마치 고문서에 나열된 문자의
일부 같았다.

그 대신에 스케줄러는 어느새 일기로서 기능하기 시작했다.

어느 날에는 '살아갈 희망을 못 찾겠어'라고 휘갈겨 썼고, 어
느 날에는 '주말에 디즈니랜드에 가는데 너무 기대된다'라고
적고 끝에 하트를 붙였다.

크게 소리치며 화를 낸 날을 두고 '에일리언이 내 뇌를 차지
하고 제멋대로 말하는 것만 같아서 어떻게 멈춰야 하는지 몰
랐어'라고 반성했고, 밴드를 시작했을 무렵의 나날을 '아무튼
고독해'라고 엮어냈다.

일기를 읽어보면, 겨우 며칠 전의 일인데도 지금 나와는 전
혀 다른 반응을 보일 때도 많았다. 필요 이상으로 상처받아 괴
로워하는 모습이 생판 모르는 타인처럼 보이기까지 했다.

어쩌면 나는 생각만큼 나 자신을 파악하지 못한 걸까?

이건 자극적인 의문이었다. 이후, 나는 스케줄러의 비좁은
칸에서 나와 본격적으로 일기를 쓰기로 마음먹었다.

* 절과 후렴이나 후렴과 후렴을 연결하는 파트.

일기를 쓰기 시작하고 도중부터 규칙을 설정했다.

가장 중요한 규칙은, 감정이 북받쳤을 때는 최대한 빨리 솔직하게 글로 쓸 것.

예를 들어 목에서 내장이 튀어나올 것처럼 누군가에게 분노를 느꼈다면, '그런 놈은 반드시 대가를 받아야 해'라고 적는다. 본인에게는 절대 대놓고 말할 수 없는 감정이어도 느낀 점을 그대로 씀으로써 내 감정이 절정에 도달했을 때의 사고 회로를 알 수 있다. 그 기록은 강한 분노나 슬픔을 느꼈을 때, 평소의 나와 어느 정도로 느끼고 생각하는 방식이 달라지는지 아는 좋은 자료가 된다.

반대로 행복을 느꼈을 때도 똑같이 한다. 사랑에 빠졌을 때도, 일에서 성공을 거둬 기뻐할 때도, 푹 자고 일어난 아침의 기분도, 느낀 그대로를 글로 쓴다.

'지금 당장 전화하고 싶은 마음을 벌써 이틀이나 참았어!'도, '노력이 드디어 성과를 맺었어'도, '오랜만에 잠을 푹 자서 기분이 산뜻해'도 평등하게 쓴다.

나는 아무래도 스스로 조절하지 못하고 괴로워할 때 일기를 쓰고 싶은 욕망을 느끼는 쪽인지, 폭신폭신한 이불을 덮고 낮까지 푹 잔 듯한 행복을 쓰는 일은 무심코 나중으로 미루다가 잊을 때가 많다.

그래도 자기 자신을 파악하기 위해서는 폭신폭신하니 마음 따뜻해지는 감정을 남겨두는 편이 좋기도 하다. 슬픔이나 분노와 비교해 행복의 윤곽은 어렴풋해서 기억에 남기 어렵기 때문이다. 그런 부드러운 것을 머릿속에만 남겨두면, 나중에 찾아온 다른 감정에 물들어 순식간에 바뀌는 일도 생긴다.

그런데 내 규칙과 전혀 반대의 규칙으로 적힌 일기가 있다.

아고타 크리스토프의 『악동 일기』[*]에 나오는 쌍둥이 소년들은 가혹한 하루하루를 살아남는 수단의 하나로 일기를 쓰는데, 그들이 정한 규칙이 책에 이렇게 나온다.

일례로, '할머니는 마녀를 닮았다'라고 쓰는 건 금지다. 대신 '사람들이 할머니를 "마녀"라고 부른다'라고 적는 건 용인한다.

'"작은 마을"은 아름답다'라고 쓰는 건 금지다. 왜냐하면 "작은 마을"이 우리 눈에는 아름답게 보이더라도 다른 누군가의 눈에는 추악하게 보일 수도 있으니까.

마찬가지로 만약 우리가 '군인은 친절하다'라고 쓴다면, 거기에

---

[*] 우리나라에서는 『존재의 세 가지 거짓말 *Le Grand Cahier, La Preuve, Le Troisieme Mensonge*』이라는 제목으로 번역 출간되었으나, 이 글에서는 저자의 의도에 따라 일본어판 번역 제목대로 옮겼음을 밝힌다.

는 진실이 단 한 조각도 없다. 어쩌면 군인에게 우리가 모르는 심술궂은 면이 있을지도 모르니까. 그러니 우리는 단순히 '군인이 우리에게 담요를 주었다'라고 쓴다. (중략)

감정을 정의하는 말은 몹시 막연하다. 그런 종류의 단어는 사용을 피하고, 물상이나 인간이나 자기 자신의 묘사, 즉 사실에 충실한 묘사만으로 남겨두는 편이 낫다.

아고타 크리스토프, 『악동 일기』에서

실제로 『악동 일기』에는 '~라고 생각했다'라는 기술이 없다. 감정을 쓰지 않는다는 점은 내 규칙과 정반대라고 할 수 있다. 그들은 이 규칙을 따라 집요할 정도로 어느 각도에서 봐도 진실인 말을 골라내고, 조금이라도 정확성이 부족한 말은 배제하며 하루하루를 엮어나갔다.

그런데 책을 읽으면서, 그들의 말이 냉정하면 냉정할수록 또 내 일기가 감정적이면 감정적일수록 그들과 나 사이에 일기를 쓰는 데 있어 공통점이 있는 것 같다고 느꼈다. 그것은 다름 아닌 다면적으로 세상을 보려는 시도 아닐까.

나쁜 일이 이어지고 자꾸 고민에 빠지는 일이 생기면, 나는 열다섯 살 때부터 써온 일기를 펼친다.

작사와 작곡이 마음대로 되지 않아 자신감을 잃었을 때, 나는 이런 글을 적었다.

'이대로는 밴드에 내가 필요 없어질 거야. 그러면 바다가 보이는 여관에서 일하면서 사는 것도 괜찮겠다. 음악 이외의 길을 살아가는 것이 나를 부정하는 것은 아니야.'

나중에 읽어보면, 최종적으로 곡을 완성하고 마음 놓은 것을 아니까 고작 몇 개월의 슬럼프로 난리를 쳤다고 생각할 수 있다. 그래도 이런 글을 썼을 때의 나는 진심으로 밴드에서 잘릴지도 모른다고 걱정했고, 만약 그런 일이 생기면 음악을 그만두고 바닷가에 가겠다고 아주 진지하게 생각했다.

제대로 잠을 이루지 못하는 날이 이어졌을 때는 '아침 햇살이 방에 들어오면 내 몸이 불타는 것처럼 괴로워'로 시작해, 마지막에는 '플랫폼에 서 있으면 문득 "그냥 이대로 전철에 치이면 좋겠다"라는 생각이 들어'라는 말을 금방이라도 사라질 듯한 글자로 적었다.

나는 어려서부터 잠을 자지 못하는 날이 많았기에 일주일가량 제대로 자지 못하는 경험을 수없이 했다.

잠들지 못하는 나날은 창문 없는 새까만 방에 있는데 딱 하나뿐인 철문까지 닫혀버린 듯한 감각과 비슷하다. 일단 거기에 갇히면, 공포에 사로잡혀 앞으로도 평생 이곳에서 빠져나가지 못한다고 믿게 된다.

그래도 일기를 살펴보면, 어쨌거나 한 달에 단 하루도 잠들지 못한 적은 이때까지 살면서 단 한 번도 없다는 것을 알 수 있다.

희망을 잃은 상황에 빠지면 그 상태가 영원히 이어진다고 믿어버리는 나를 일기가 자주 구해주었다.

잠들지 못한 밤뿐 아니라 잠든 날의 숫자를 셀 수 있다. 그렇게만 해도 일시적인 감정에 휘둘리지 않고 강해질 수 있다. 분명 다른 사람들보다는 잠들지 못하는 밤이 많으나, 잠들지 못하는 공포에 사로잡힌 나머지 잘 수 있었던 날의 기억까지 잊어버렸다는 것도 알게 된다. 내 감정적인 일기는 잠들지 못하는 공포를 극복하는 다면적인 시야를 준다.

『악동 일기』의 쌍둥이 소년들에게도 일기는 그들 자신을 지키는 갑옷이며 무기였으리라.

어떤 감정도 영원히 이어지지 않는다.

내가 희망을 잃었어도, 내가 자기 자신조차 잃을 것 같을 때도, 일기는 가르쳐준다.

그 절망이 영원히 이어지는 일은 없다고.

텅 빈 병

나는 철이 들었을 무렵부터 나를 '와타시わたし'라는 일인칭으로 불렀다.● 와타시는 피아노를 배웁니다. 와타시는 5인 가족입니다. 와타시는 오사카에서 태어났습니다. 이런 식으로.

어려서부터 "사오리는요"라고 이름을 말한 적도 없고, 간사이 출신이라고 해서 나를 '우치うち'라고 한 적도 없다. 내 일인칭은 언제나 '와타시'였다.

● 일본어에는 일인칭이 다양하다. '와타시'는 가장 일반적으로 쓰는 일인칭이고, 뒤에 나오는 '아타시あたし'는 와타시보다 스스럼없는 일인칭으로 요즘은 주로 젊은 여자가 쓴다.

어느 날, 집에 인터뷰가 실린 잡지가 도착해서 읽어봤더니, 내 일인칭이 전부 '아타시'로 표기돼 있었다.

나는 입가에 손을 댄 채로 페이지를 넘겼다.

'아타시'라는 일인칭이 나올 때마다 미간에 힘이 들어갔다. 인터뷰가 실린 잡지는 전통 있는 음악 잡지였고, 밴드 활동에 관한 내용이었다.

'아타시'라는 주어로 말하는 인터뷰는 이랬다.

—아타시는 밴드를 시작한 이후로 존재 가치에 자신감을 느끼지 못해 언제 잘릴지 모른다고 생각했어요.

—그래도 지금 생각해보면, 그게 아타시의 동기가 된 것 같아요.

—아타시도 밴드의 일원으로서 당당하게 서고 싶어요. 좋은 결과를 냈을 때 '자, 어떠냐!' 하고 자신만만해하는 아타시가 되고 싶어요.

단지 '와ゎ'가 '아ぁ'로 바뀌었을 뿐인데, 마치 전혀 다른 여자애가 말하는 것처럼 보였다.

'아타시'라는 주어로 밴드에 관한 이야기를 하는 이 여자애는 '와타시'보다 성격이 밝고, 아마도 '와타시'보다 피부가 조금 더 볕에 탔고, '와타시'보다 몸무게도 5킬로그램쯤 무거운 느낌이었다.

'와타시'보다 잘 웃고, '와타시'보다 재미있는 일을 벌여 남을 즐겁게 해줄 수 있을 것 같았다.

겨우 한 글자인데 '와타시'와 '아타시'의 인격이 이렇게나 달라 보이다니 놀라웠다.

나는 지면에서 말하는 가공의 '아타시'에게 짓눌릴 것 같은 답답함을 느껴 곧바로 편집자에게 연락했다.

"제 일인칭은 '와타시'로 써주세요. 저는 나 자신을 '아타시'라고 느끼지 않아요. 별것 아닌 사안이지만, 내가 한 말인데 다른 사람의 말처럼 보여요."

편집자는 곧바로 이해해주었지만, 나는 내 일인칭을 새삼스럽게 생각해보았다.

애초에 일본어에는 일인칭 대명사가 너무 많다.

'오레俺' '보쿠僕' '지분自分' '와타쿠시わたくし' '우치' '아타이あたい' '와시儂'……. '와라와わらわ'나 '아치키あちき' 등 만화나 시대극에서나 쓸 법한 것까지 합치면 그 수가 방대한데, 곰곰이 생각해보면 전부 캐릭터가 있다.

예를 들어 '보쿠'보다 '오레'가 적극적으로 나서는 남자 같은 느낌이라든지, '와타쿠시'라고 말하는 여자는 유복한 가정에서 태어난 것 같다든지, '와시'라고 말하는 사람은 대체로 여든 살은 넘었겠다 싶은 그런 것.

우리는 그중에서 자신을 칭하는 단어를 골라 그 일인칭에 어울리는 인격을 갖추려 한다. 방대한 일인칭 대명사가 있다지만 주로 쓰이는 것은 한정적인데, 요즘은 여자라면 '와타시'나 '아타시'를 쓰고 남자라면 '보쿠'나 '오레' 혹은 '지분' 중에서 고른다.

일반적인 일인칭 이외의 것을 선택하면―예를 들어 여자애가 자기 자신을 '보쿠'라고 부르거나 남자가 '아타시'를 쓴다면―거기에 어떤 의미가 생긴다.

예시로, 성인 남자가 자신을 '아타시'라고 부르면, 대부분은 그를 성 소수자라고 생각할 것이다.

그러면 단순히 일인칭을 썼을 뿐인데 자신의 성 정체성을 커밍아웃해야만 하는 상황으로 이어진다.

나는 어른이 될 때까지 일본어에 그런 문제가 있다는 것을 미처 몰랐다. 깨닫지 못한 채로 당연하게 '와타시'라는 지극히 일반적인 일인칭을 사용해왔다.

외국어에는 그런 선택 없이 자신을 부를 수 있는 단어들이 있다. 영어라면 '아이I', 중국어라면 '워我', 독일어라면 '이히ich'

이다.

나를 부를 때의 문제도 내 시야에서 사라졌다. 그 이유는 유럽으로 이주하고, 성ᅟ 문제로 고민할 필요 없는 '이히'라는 단어를 발견했기 때문이다. '이히'는 특정한 성을 지닐 필요가 없고, 나이도 지위도 역사도 행동 패턴도 캐릭터도 필요 없다. 누구나 자신을 '이히'라고 부를 수 있다. (중략) 이 단어는 불필요한 정보를 추가하는 일 없이 단순히 화자만을 가리킨다. (중략) 이 단어처럼 가볍고 텅 빈 자신을 느끼고 싶었다. 나는 말하고 싶었다, 즉 내 목소리로 공기에 진동을 보내고 싶었다. 내가 어느 쪽 성에 속했는지를 정하지 않고서.

다와다 요코, 「텅 빈 병」에서

나는 「텅 빈 병」을 읽으며 자신을 '이히'라고 부를 수 있다면 내 성격이 달랐을지 생각하면서, 책상에 팔을 올려 턱을 괬다.

외톨이가 되어 불안했을 때, 혹시 나 자신을 '보쿠'라고 부르고 싶었던 적은 없었을까.

허세를 부리며 무언가를 말하고 싶을 때, 나 자신을 '아타이'라고 부르고 싶었던 적은 없었을까.

그럴 때 '이히'라고 칭할 수 있다면, 나는 '와타시'에 얽매이지 않고 내 말을 할 수 있었을까.

단어는 사물에 선을 긋기 위해 생겼다. 선을 그음으로써 사물을 알기 쉽게 하려고. 강한가 약한가. 사랑하는가 관심 없는가. 어른인가 어린이인가.

나는 '와타시'라는 단어로 그은 선을 다시 한번 더듬어보았다.

'이히'보다 좁은 범위로 구분된 '와타시', 알기 쉽게 하려고 그어진 '와타시', 앞으로도 평생 쓸 일인칭인 '와타시'.

나는 지금 '와타시'와 대치함으로써 나도 미처 깨닫지 못했던 자신과 대치한다.

'와타시'는 내게 질문을 던진다. "당신은 어떤 사람인가요?"

페미니즘 비평

아이를 낳은 후로 일하는 것에 죄책감을 느꼈다.

어떤 일을 해도 '아이를 두고서'라는 수식어가 달리고, 나는 나쁜 엄마일까 하는 의문이 따라붙었다.

그렇게 어린애를 맡기고 엄마가 일하러 나가도 괜찮은가.

왠지 떳떳하지 못해 내가 일한다는 사실을 세상에 숨긴 적도 있었다.

실제로 나는 산후 두 달 만에 일터에 복귀했다.

두 달은 평균적인 육아휴직 기간과 비교하면 매우 짧다.

밴드의 소속 기획사나 멤버들은 상태를 잘 살펴보고 괜찮아진 후에 복귀하면 된다고 했으나, 내 몸은 순조롭게 회복해 두 달이 지나자 임신 전과 거의 다르지 않은 상태가 됐다.

임신 기간 중에 운동을 전혀 안 한 탓에 체력이 조금 떨어졌지만, 몸무게가 조금 늘어난 덕분에 임신 전보다 잠을 잘 자게 된 이점도 있어서, 나는 대체로 건강했다.

이 상태라면 열심히 할 수 있겠어.

그렇게 생각했을 때, 일하라고 응원해준 사람들은 남편과 엄마를 비롯한 우리 가족이었다.

"너만 할 수 있는 대단한 일이니까 하고 싶으면 열심히 해. 얼마든지 도울 테니까."

그렇게 말하며 등을 밀어준 덕분에 나는 오랜만에 혼자 집 문을 열고 나와 리허설 스튜디오로 향했다. 한 달 후에 전국 투어가 예정되어서 그 연습을 하기 위해서였다.

그런데 오랜만에 만난 스태프들은 제일 먼저 이렇게 물었다.

"아이는 괜찮아?"

괜찮냐니, 무슨 의미지.

나는 갑작스럽게 가슴에 박힌 화살 같은 질문을 잡아 뽑지도 못하고 멈춰 섰다.

괜찮냐는 건 그렇게 어린애를 두고 와도 괜찮냐는 의미인

가. 엄마가 곁에 없어도 괜찮냐는 의미인가. 떨어져 있으면 모유를 주지 못하는데 괜찮냐는 의미인가. 괜찮냐의 의미를 생각할 때마다 가슴에서 피가 흘렀다.

나도 물론 아이 곁에 있고 싶었다. 하루하루 포동포동해지는 손과 발을 언제까지나 보고 싶었고, 빠른 속도로 성장하는 모습을 단 1초라도 놓치지 않고 지켜보고 싶었다. 모유만 먹여 키울 수 있으면 좋겠다고, 내 아이를 가만히 바라보며 생각에 잠긴 날도 있었다.

그러나 일도 중요했다. 남이 대신해줄 수 없는 일이고 기다려주는 사람들이 있으니까 열심히 해보고 싶은 게 많았다.

데뷔한 후 쉬지 않고 달려와 마침내 손에 넣은 지금이었다.

고민한 끝에 남편과 가족들의 힘을 빌리고 멤버와 스태프들의 도움을 받으며 무대에 서겠다고 결심했다.

그렇다면 내 아이는 괜찮지 않은 것인가.

단순히 아이 안부를 물었을 뿐이니까 그렇게 깊은 의미는 없다고 쓴웃음을 지을 사람도 있을 것이다. 그러나 이 세상은 아이를 낳고 너무 일찍 일에 복귀하면 비난받기도 한다. 자식이 있는 여자 친구들과 대화하다가 갑자기 "아무도 엄마를 대신해줄 수 없으니까"라는 소리를 들은 적이 있다.

같은 세대의 일하는 아빠는 이렇게 말했다.

"아이한테는 엄마가 최고니까."

모유는 갓난아기에게 최고의 영양분이라고 설명하면서 너무 일찍 일에 복귀하면 아기가 불쌍하다고 걱정하는 소리를 들은 적도 있다.

아이에게 엄마는 분명 특별한 존재다.

그러나 아빠 역시 똑같이 특별한 존재일 텐데, 갓난아기가 있는 남자가 일하러 나가도 "아이는 괜찮아?"라는 소리를 듣지 않는 이유는 뭘까.

조기 복직을 비난받는 이유는 또 있다.

유명인이 산후 조기 복귀를 미담처럼 말하면, 일반인들이 육아휴직을 얻기 어려워진다는 이유다.

예를 들어 내가 "두 달 만에 복귀했어요"라고 말하면, "뭐야, 출산이나 육아는 고생스럽다고 들었는데 금방 복귀할 수 있잖아?"라는 소리를 상사에게 듣는 사람이 있을 수도 있다.

"사오리 씨는 몇 달 만에 복귀했는데 당신은 왜 그렇게 못해?"라고 동료에게 핀잔을 듣는 사람이 있을 수도 있다.

"그 사람은 일하면서 애도 키우니까 당신도 파트타이머로 일하는 것 정도는 할 수 있잖아."

남편이 이렇게 강요해서 아이와 시간을 보내지 못하는 사람이 있을 수도 있다, 이런 이유들로 조기 복귀가 문제시된다.

그런 말을 들으면 분명 참을 수 없겠지, 나도 그렇게 생각한다.

육아휴직을 충분히 쓰지 못하고 무리해서 일하러 나가는 엄마들이 많은 것도 현실이다.

그러나 '엄마'라고 일괄해서 말해도 각자 상황이 다르다. 산후에 몸 상태를 어느 정도 회복했는가, 주변에 도와줄 사람이 얼마나 있는가, 돈에 여유가 있는가, 어떤 식으로 살아가고 싶다고 생각하는가.

다른 상황에서 다른 선택을 하는 것이 당연한데, 하나로 묶어버려 "그 사람은 하는데 왜 당신은 못 해"라고 하는 건 말도 안 되는 억지다. 그런 소리를 해도 된다면, 순진무구한 얼굴로 남편이나 상사에게 "후쿠야마 마사하루 씨는 자식이 있어도 그렇게 멋있는데 당신은 왜 대머리야?"라고 물어도 되는 것 아닌가.

나와 정반대인 상황이라도, 말 같지도 않은 논리에 가슴 아파하는 엄마들이 어디에나 존재한다.

일하며 자식을 키우는 여자는 언제 일에 복귀하면 좋을까.

평균보다 길게 육아휴직을 쓰면 "남아서 일하는 사원의 심정도 생각하지 않다니 완전 민폐네"라는 소리를 듣고, 평균보다 짧게 육아휴직을 쓰고 복귀하면 "그렇게 빨리 복귀하다니 아기가 불쌍해"라는 소리를 듣는다.

게다가 어린이집이 부족해서 일하고 싶어도 직장에 복귀하지 못하는 여성도 많다.

나는 30년 전에 출판된 『페미니즘 비평』이라는 책의 한 구절을 읽으며, 이 문제의 핵심은 이토록 오랜 세월이 지났는데도 여전히 세상에 깊이 뿌리를 내려 있다는 것을 알았다.

남자들과 똑같이 노력하면 '여자답지 않기' 때문에 열등하고, 여자답게 얌전히 행동하면 '어차피 어쩔 수 없는 여자'이기 때문에 열등하다. 결국 어떤 삶의 방식을 택하든 '여자의 열등성'에서 벗어날 수 없는 구조다.

오다 모토코, 『페미니즘 비평』에서

어떤 선택을 해도 정답이 될 수 없는 구조 속에서 엄마들은 자식을 키워야 한다.

나는 괜찮다고 말하며 가슴에 손을 얹고 무대에 올랐다.

여름밤 외
─두 편의 자전 에세이

여름밤

레코딩 스튜디오는 냉장고 안처럼 썰렁하다.

녹음 기기에서 열이 나니까 시원하게 해야 한다. 친숙한 스튜디오 엔지니어는 늘 얇은 긴소매를 입는다. 나도 카디건을 걸치는데, 그래도 아침부터 밤까지 작업하다 보면 몸이 점점 차가워진다.

"사오리, 편의점에 안 갈래?"

소파에서 둥글게 몸을 만 내 옆에서 후카세가 일어났다. 방음 유리 너머에서는 엔지니어가 기타 앰프 앞에 마이크를 세팅하고 음량을 확인하고 있다. 벌써 몇십 분이나 같은 자세로

기다렸지만 아직 시작하려면 멀었다.

"그러자. 조금 춥기도 하고 산책이라도 하고 싶다."

나는 모자를 쓰고, 휴대전화를 주머니에 넣고서 일어났다.

스튜디오의 무거운 방음문에 손을 대면, 푸슈슉 소리가 나며 밀폐된 공기가 단숨에 해방된다. 신선한 공기를 깊이 들이마시자 굳었던 피가 온몸을 도는 느낌이 났다.

우리는 도쿄도 내의 일곱 군데쯤 되는 레코딩 스튜디오를 전전하며 신곡을 녹음하는 중이다. 스튜디오는 대부분 지하에 있고, 넓은 곳도 좁은 곳도 고급스러운 곳도 내 집 같은 분위기인 곳도 있는데, 어디든 창문 없는 공간은 폐쇄적이다.

지하, 녹음 기재, 악기, 엔지니어, 뮤지션.

아름다운 하모니를 연주해야 할 그 조합이 만들어내는 공기는 절대 맑다고 할 수 없다. 대기실에서 로봇처럼 컴퓨터 키보드를 연신 두드리는 스태프나 땅속에 사는 사람 같은 엔지니어가 복도에서 담배 연기를 뻑뻑 뿜어내는 모습을 자주 본다.

"벌써 밤 8시인데 밖은 아직도 이렇게 덥네."

나는 카디건을 벗어 가방에 넣었다. 올해 여름은 재난 수준의 무더위라고 세상 심각한 표정으로 말하는 아나운서를 텔레비전에서 봤지만, 지하에 오래 있다 보면 그런 일이 현실에서 벌어지는 일인지 잊어버린다.

"아마 이번 제작이 끝나면 시원해지겠지."

꼭 그림자놀이처럼 보이는 주택가를 걸으며 후카세가 말했다. 우리는 이번 여름을 앨범 제작을 위해 스튜디오에서 보낸다.

솔직히 나는 음악 제작을 하다 보면 답답해질 때가 있다.

후카세와 나카진은 "제작하는 게 뮤지션 활동 중에서 제일 즐거워"라고 말하는데, 나는 도무지 그렇게 생각할 수 없다.

후카세가 좀 더 무기질적인 느낌으로 하고 싶다고 말하면 나카진이 빈티지 리듬머신으로 드럼을 치고, 후카세가 좀 더 노스탤직 느낌으로 하고 싶다고 하면 나카진이 깔끔한 톤의 기타를 최대 음량으로 올려서 소리를 일그러뜨려 녹음한다.

후카세가 아이디어를 내고 나카진이 형태로 만든다. 그 완벽한 대형을 보면, 나는 그 자리에서 얕은 호흡을 반복할 뿐이다.

"스튜디오에 있으면 아무것도 못 하고 두 사람의 등만 쳐다보는 것 같아서 괴로울 때가 있어. 어쩌면 내가 필요 없는 것 같아서. 후카세처럼 뭐든 빨리빨리 할 수 있으면 좋을 텐데 나는 뭘 해도 시간이 걸리니까…… 곡 하나를 만드는 데 수십 일이나 걸리고 소설은 5년이나 걸렸잖아."

상점가의 밝은 불빛 속을 걸으며 내가 말했다. 꼬치구잇집에서 내뿜는 연기 내음을 맡자 따끈따끈한 음식이 떠올랐다. 스튜디오에서 먹는 밥은 늘 플라스틱 접시에 올라가 있어서 미지근하다.

"사오리는 정말 성실하다니까."

후카세가 놀리는 듯이 웃었다.

"그래도 나도 쓰는 게 빠를 뿐이지 생각하는 시간은 길어."

이어서 검지로 머리를 톡톡 치며 말했다. 그는 작사든 작곡이든 쓰기 시작하면 몇 시간 만에 완성할 때가 많다.

책상에 앉지도 않고 방에 틀어박히지도 않고 어슬렁어슬렁 산책이라도 하면서 빠르게 곡을 완성하는 모습을 보면, 그가 그저 자유롭게 노래를 만드는 것처럼 보인다.

그래도 반면에 모두가 놀 때도 진지한 표정으로 입을 꾹 다물고 휴대전화에 뭔가 마구 적어 넣을 때도 있다.

이런 때까지 음악 생각을 하나 싶어 기가 막혔던 몇 번의 풍경을 떠올리며 나는 고개를 끄덕였다.

"그건 그렇지……."

상점가 약국 앞에서 유니폼을 입은 남자 직원이 할인 판매하는 화장실 휴지를 정리하고 있었다. 그 앞을 지나는데, 자전거 짐받이에 아이를 태운 엄마가 다급하게 가게 안으로 들어갔다.

후카세와는 다른 의미로, 나카진 역시 항상 음악을 생각한다.

그는 알기 쉬운데, 어떤 상황에서든 노트북을 펴고 음악 소프트웨어를 실행한다.

신칸센 기차 안에서는 커다란 헤드폰을 노트북에 연결하고, 비행기에 타서는 안전띠 착용 알람이 꺼지면 곧바로 테이블에 노트북을 올리고, 라이브 직전까지 대기실에서 화면을 들여다본다.

내 서른두 살 생일을 축하해준 후에도 나카진은 새로운 곡을 편곡해서 보냈다.

"조금 새롭게 해봤으니까 들어봐!"

음원과 함께 그런 메시지가 도착한 시각이 새벽 5시.

이렇게까지 하면 질리지 않니? 내가 물으면 나카진은 매번 즐겁다고 대답한다. 당연히 힘든 일도 있지만, 작곡할 수 있어서 즐겁다고.

아무리 즐거워도 샴페인을 마시고 케이크를 먹고 날짜가 바뀐 후에 또 컴퓨터를 들여다보다니, 나로서는 상상도 못 하겠다.

"나도 너희처럼 할 수 있으면 좋겠는데……."

혼잣말처럼 말하며 작게 한숨을 쉬었다.

그들과 어깨를 나란히 하고 싶어도 그들처럼 노력하지 못한다. 나에게는 무리라고 포기하면 편할 텐데, 두 사람의 뒷모습을 보면 숨이 막힌다. 도움이 되고 싶어, 그런데 그러지 못해.

그러기를 반복하는 사이, 여름이 성큼성큼 지나간다.

편의점 불빛이 아스팔트를 밝혔다. 안으로 들어가자 형광등이 너무 밝아 눈이 아팠다.

"나도 곡 제작이 힘든 일이라고 생각하긴 해. 그래도 사오리, 힘든 일을 곧 괴롭다는 의미라고 받아들인다면 앞으로도 계속 답답하지 않을까?"

후카세가 팝콘을 집으며 말했다. 가게가 한산해서 비닐을 건드리는 바스락 소리가 크게 울렸다.

나는 후카세의 말을 금방은 이해하지 못한 채, 계산하러 줄을 서는 그의 뒷모습을 바라보았다.

"팝콘 잘 먹겠습니다."

스튜디오에 돌아가자, 봉지를 뜯은 팝콘에 러브가 손을 뻗었다. 그는 악기를 연주하지 않으니까 스튜디오에서는 만화를 읽거나 인터넷 뉴스를 보며 지낸다.

스튜디오를 오가는 사이사이에 중국어 강의를 듣고 "어휴……" 하고 한숨을 쉬는데, 스스로 예습이나 복습을 하는 모습은 본 적이 없다. 그다지 걱정 없이 사는 모습이 꼭 동물 같다.

러브가 야금야금 팝콘을 먹는 모습을 바라보며 나는 후카세가 한 말을 생각했다.

힘든 일을 곧 괴롭다는 의미라고 받아들인다면.

확실히 내 안에서는 무의식중에 '힘들다'와 '괴롭다'의 경계선이 거의 흐릿해진 것 같다.

약지를 움직이려면 다른 손가락까지 움직이듯이, 힘든 것은 곧 괴로운 것이라고 나도 모르는 사이에 혼동했나 보다.

내 앞에서 우물우물 입을 움직이는 러브의 일도 사실은 정말 힘들다. 레코딩하는 동안에는 촐랑거리는 것처럼 보여도 염천하에 몇 시간이나 가면을 쓰고 라이브를 하다니, 나였다면 비명을 지를 일을 그는 언제나 쾌활하게 해왔다.

그가 힘든 일을 오히려 즐거워하며 해왔다는 사실을 뒤늦게 깨닫고, 볼을 부풀리며 팝콘을 먹는 모습에 조금 선망의 눈빛을 보냈다.

그렇구나, 힘든 일을 괴로워하지 않고 할 수도 있구나…….

나는 턱을 괴고 세 사람을 바라보았다. 지금까지 그런 생각을 해본 적 없는데 이들에게는 당연한 일이었을까.

팝콘을 입에 넣자 농후한 버터 맛이 혀 위에서 사르륵 녹아

목 너머로 미끄러졌다.

밤 11시에 접어들 무렵, 우리는 녹음한 음원을 들었다.

소파에 기댄 채로 들으면 소리가 가라앉아 균형이 나빠지니까 최대한 자세를 꼿꼿이 하고 귀를 기울인다. 들으면서 가슴이 술렁술렁 들뜬다면 아직 할 일이 남았다는 증거다.

"내일 또 할까."

천장을 잠깐 올려다본 후, 후카세가 소파에서 일어났다.

나카진이 컴퓨터에서 각종 케이블을 뽑아 소중히 가방에 담기 시작했다. 누구보다 짐을 잔뜩 들고 다니는 러브는 아이패드 화면을 껐다. 짐 속에 커다란 일안 리플렉스 카메라와 베이블레이드* 상자 따위가 보였다.

앨범을 완성하면 여름은 끝났을지도 모른다. 대부분을 실내에서 보낸 올해 여름을 나는 어떻게 기억할까.

마음에 자리한 '힘듦'을 '즐거웠다'라는 말로 바꿀 수 있을 만큼 노력한다면 이 답답함에서 해방될까.

혹은 가슴 안의 '힘듦'을 '괴로움'이라는 말과 혼동하지 않는 내가 된다면 이 답답함에서 해방될까.

"내일 또 하자."

나는 다시 스튜디오의 문을 열고 가만히 숨을 들이쉬었다.

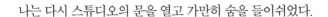

● 다양한 부품을 조합해서 만들 수 있는 장난감 팽이.

혼자의 시간

나는 하라주쿠역을 나와 다케시타 거리를 쭉 걸었다.

입구 근처에 분홍색 긴 머리를 양 갈래로 묶은 소녀와 캐릭터가 그려진 가방을 소중하게 안은 외국인들이 이 거리의 일부가 된 것처럼 행동했다.

수학여행을 온 교복 입은 학생들이 둥글게 모인 옆을 빠져나와 머리 위에서 흐르는 음악에 귀를 기울였다. 인공으로 분사되는 안개처럼, 스피커 가까이에서 뚱땅뚱땅 끝없이 음악이 울렸다.

위를 올려다보는 내 옆으로 손을 잡은 커플이 지나갔다. 다이소의 분홍색 간판 앞에서 아이돌 사진을 든 초등학생이 엄마에게 뭔가 열심히 설명하는 중이다.

나는 최대한 의식하지 않고 스마트폰으로 음악을 재생했다. 이어폰으로 인트로가 들리면 서서히 맥박이 빨라진다. 냉정하게, 최대한 느긋하게 호흡하며 머릿속의 톱니바퀴를 돌리면서 생각한다.

머리 위에서 갑자기 이 노래가 쏟아지면, 다이소 앞에 있던 엄마는 아이를 조용히 시키고 귀를 기울일까. 거리 입구에 있던 소녀는 분홍빛 머리카락을 핑그르르 돌려 소리가 들리는 쪽을 빤히 바라볼까. 그들의 표정을 살피며 느릿느릿 걸었다.

만약 우리 노래가 여기에 흐른다면, 지금 여기 있는 사람들은 어떤 반응을 보일까.

저 커플은 노래가 좋다고 대화를 나눠줄까…… 수학여행 온 저 학생들 중에 몇 명이 휴대전화를 대고 무슨 노래인지 검색해줄까…….

생각에 잠긴 채 LINE의 대화창을 열어 멤버들에게 메시지를 보냈다.

'역시 신곡 인트로는 다시 만드는 게 좋겠어. 지금 버전의 인트로는 길거리에서 틀면 한 귀로 듣고 한 귀로 흘릴 것 같아. 아무도 관심 없을 거야.'

나는 재생 버튼을 멈추지 않고, 인파의 속도에 몸을 맡기고서 멤버의 답을 기다렸다.

신곡을 들을 때는 거리가 최고라는 게 나의 지론이다.

지나는 사람이 많은 거리를 걸으면, 내 취미나 에고이즘을 일소한 상태로 과연 얼마나 되는 사람들이 '이거 누구 노래지?'라고 생각할지 쉽게 상상할 수 있다.

방에서 나 혼자 들을 때는 '멋진 멜로디를 완성했어'라고 생각해도, 거리에 나와보면 그게 혼자만의 착각인 줄 알게 된다. 스튜디오 안에서 들을 때는 '베이스는 이 정도 음량이 멋있겠어'라고 생각해도 인파 속에서 들으면 '이건 너무 과하다' 싶어 쓴웃음이 나온다.

지금까지 나는 다양한 거리에서 재생 버튼을 눌렀다. 시부야 센터 거리나 신주쿠역에서 발트9 영화관 건물까지 걷는 길. 벚꽃잎이 떨어지고 나무에 잎이 나기 시작한 메구로가와강이나 취객이 어깨동무하고 뭐라고 외치는 롯폰기…….

같은 곡을 계속 들으면 곡이 좋은지 나쁜지 구분하지 못할 때도 있는데, 거리로 나오면 늘 신선한 감각이 되돌아온다. 이를테면 간을 수없이 봐서 마비된 혀가 원래의 미각을 되찾는 것처럼.

음악을 만들면서 수없이 내 기준이 어긋나 어쩌면 좋을지 우왕좌왕한 끝에 획득한 한 가지 방법이다.

글을 쓸 때도 역시 이 방법에 의지했다.

어느 날, 나는 소설을 쓰려고 패밀리레스토랑에 갔다. 음료 무한 리필과 샐러드만 주문하고 테이블에 앉아 노트북을 열었다. 사실은 음료만으로도 충분했으나 그거 하나로 오래 앉아 있기 왠지 미안해서 샐러드도 같이 주문했다.

아이스커피를 가지고 와 소설을 얼마간 진행하는 중에 대각선 맞은편에 여고생이 앉았다. 하교하는 길에 들렀는지 교복을 입고 커다란 가방을 들고 있었다.

학생은 음료 무한 리필과 디저트를 시키고, 노트를 꺼내 손가락으로 샤프를 돌리기 시작했다. 뭔가 작업하러 온 모양인데 샤프로 뭐든 쓰는 모습은 거의 보지 못했고, 때때로 한숨을 쉬더니 결국 포기했는지 테이블에 엎드려 스마트폰을 들여다보았다.

나는 노트북을 바라보며 시선 끝으로 그 학생을 관찰하기 시작했다. 새하얀 블라우스에서 쭉 뻗은 햇볕에 탄 팔, 오래 사용한 스포츠 가방, 디즈니 스마트폰 케이스, 고양이 일러스트가 그려진 양철 필통⋯⋯.

아마도 운동 동아리 소속이겠지. 공부는 좀 못할 수도 있겠다. 쉬는 날에는 친한 여자 친구들과 놀러 다닐까…….

저 학생의 일상을 상상하며 나는 다시 노트북을 들여다보았다. 오후부터 몇 번이나 반복해서 읽고 쓴 문장을 새로운 눈으로 살폈다.

동아리 아침 연습, 선배, 국어 수업, 특기인 체육, 급식, 친구와 수다, 동아리 활동, 내 소설. 저 학생의 생활에 녹아든 내 소설. 그러자 전혀 다른 시점으로 보였다.

이런 첫머리라면, 저 학생은 책상 위에 책을 그냥 덮어둘지도…….

잘 풀리지 않을 때 가슴이 술렁술렁 소란을 떠는 감각은 음악을 만들 때도 문장을 쓸 때도 같다.

혼자 틀어박혀 제작하다 보면 감각이 마비된다는 것을, 음악을 만드는 과정을 통해 잘 알고 있다.

그래서 내 감각이 아니라 다른 사람이 어떻게 생각할지 상상함으로써 문장을 쓸 때도 '좋음'과 '나쁨'을 구별하려 한다.

얼마 후에 그 학생은 가게를 나갔으나, 나는 내 단어와 뇌에 쌓아 올린 학생의 생활이 교차하는 장소를 찾으며, 가게가 문을 닫을 때까지 첫머리를 고쳐 썼다.

타인의 감각을 상상하는 것은 예술이 아니라고 여기는 사람도 있을 것이다. 누가 어떻게 생각하든 신경 쓰지 말고 자기 자신을 믿고 쓰면 된다고 여길지도 모른다. 그러나 나는 내 감각만으로 뭔가 만들고 싶다고 생각하지 않는다. 더 나아가 나만을 위해 뭔가 만들고 싶다고 생각하지 않는다.

내게 '좋음'이란, 다른 사람에게도 '좋음'이다.

내게 '나쁨'이란, 다른 사람에게 전해지지 않는 것이다.

누군가가 좋아하면 나도 기쁘다. 누군가가 놀라워하면 나도 즐겁다. 위로를 받았다는 누군가의 말을 듣고 싶다.

그러므로 나는 작품 너머에 있는 사람들을 늘 상상한다.

만들어온 것들이 전해지기를 바라며.

데뷔 이후로 나는 뭘 해도 어중간하다고 우울감에 빠지는 일이 늘었다.

세상에는 즉흥으로 세련된 악구를 연주하는 피아니스트, 한숨이 나올 정도로 황홀한 멜로디를 만드는 작곡가, 언어의 상식을 뒤엎는 감각을 지닌 작사가가 아주 많고, 심지어 그들은 목소리가 아름답거나 외모가 멋있거나 말주변이 뛰어난 면까지 겸비했다. 데뷔한 뒤 그런 사람들과 만날 기회가 늘고 일할 기회가 늘고 감탄하는 횟수가 늘었고 그렇게 늘어난 만큼 자기평가가 낮아졌다.

우물 안 개구리는 바다를 모른다. 그렇다면 바다를 안 개구리는 어떨까. 사오리 개구리, 그저 박살이 나느라 바쁜 나날.

음악만 해도 이렇게 압도되는데 글을 쓰기 시작하면 도대체 어떻게 될까. 내 성격을 차분히 생각하면 간단히 알 텐데.

"《문학계》에서 한 달에 한 번 독서 이야기를 하는 에세이를 써보시겠어요?"

그런 제안을 듣자 기뻐서 흥분했던 날을 똑똑히 기억한다.

정말 즐겁겠다, 가슴이 막 뛰어! 독서에 관해서라면 나, 얼마든지 쓰고 싶은 글이 있어!

막 사귀기 시작한 연인을 바라보듯이 책장을 살피며, 넘치는 사랑을 글로 표현한 러브레터처럼 좋아하는 작품에 관해 쓰는 모습을 꿈꿨던 그날의 내게 알려주고 싶다.

쓰고 싶은 것이 있는 것과 쓸 수 있는 건 달라.

처음에는 두세 시간이면 쓸 수 있을 줄 알았던 이 에세이에는 그 열 배의 시간이 필요했다. 세 줄 쓰고 두 줄 지우고, 어젯밤에 쓴 글을 읽고 환멸에 빠지고. 드물게 있는 쉬는 날이 자꾸자꾸 사라졌다. 시간을 이렇게 들여야 한다는 것 자체가 이상해서 부끄러우니까 다른 사람에게 상담할 수도 없었다. 가사를 썼다고 소설을 쓸 수 있을 리 없고, 소설을 썼다고 에세이를 쓸 수 있을 리 없다.

전부 다르고 전부 어렵다. 그 사실을 절실하게 깨달은 1년 반의 연재였다.

나는 뭘 해도 어중간하다. 그렇게 생각하기에 노력을 기울이는 것을 두려워하지 않아도 된다고 깨달은 1년 반이었다. 재능 있는 사람이 1시간이면 하는 일을 나는 10시간을 들여도 못 한다면, 100시간을 들여도 괜찮다. 실패하면서 얼마든지 더 노력하면 된다. 왜냐하면 나는 천재가 아니니까. 이런 생각이 내 나름대로 앞으로 나아가는 방식임을 똑똑히 알 수 있었다.

어디에서도 말하지 않았던 임신이나 출산 이야기를 쓸 수 있어서 기뻤다. 논란의 대상이 됐던 날의 떨떠름한 기분, 부모님이나 남편 이야기, 그때그때 생각한 것을 쓰면서 글쓰기를 통해 나를 알아간 기간이기도 했다.

이런 기회를 주신 《문학계》의 편집장 무토 준 씨, 담당해주신 구와나 히토미 씨, 툭하면 자신감을 잃는 사오리 개구리를 "괜찮아요, 정말 재밌어요"라며 달래주신 편집자 시노하라 이치로 씨, 또 이 책을 읽어주신 한 분 한 분께 이 자리를 빌려 감사 인사를 드리고 싶습니다.

후지사키 사오리

보컬의 목소리가 잔잔해지면 피아노의 탄탄한 음색이 전면
으로 나선다. 피아니스트의 손가락이 피아노의 하얗고 까만 건
반 위를 아름답게 달린다. 멜로디를 이끌어 감정을 고조하고
노래의 앞뒤를 연결하는 간주다.

이 책의 제목인 독서 '간주문間奏文'은 일본어 발음으로는 '칸
소분かんそうぶん'이다. 이는 감상문感想文의 일본어 발음과 같다.
제목을 보면 자연스럽게 독서 감상문이 떠올라 독서 에세이임
을 짐작할 수 있는데, 동시에 SEKAI NO OWARI라는 4인조
밴드에서 피아노를 담당하는 저자 후지사키 사오리의 정체성

을 드러낸다. 재치 있는 제목이다.

표준국어대사전에서는 '간주'에 대해 '한 악곡의 도중에 어떤 기분을 나타내기 위하여 연주하는 부분. 협주곡의 독주부에 끼인 관현악의 합주 부분이나 노래가 잠시 그친 사이에 연주되는 기악 반주 따위이다'라고 설명한다. 음악에 조예가 없는 나는 이 정의가 어려운데, 가요로 따지면 1절과 2절의 연결부일까.

이 책을 번역하면서 인터넷으로 SEKAI NO OWARI의 공연을 찾아보았다. 1절 이후 시작되는 간주에서 저자는 온 힘을 다해 피아노를 연주했다. 이때껏 음악을 들으며 간주에 집중한 적이 없는데, 모든 것을 쏟아붓는 모습에 압도되었다. 간주는 없으면 재미없으니까 있는 것이 아니고, 곡 사이를 유연하게 연결하며 의미를 드러낸다. 새삼 깨달은 간주의 의미를 생각하며 책을 다시 들추다가 「책에 대해서」의 한 문장에 시선이 멎었다.

'연인과 헤어졌을 때는 울면서 페이지를 넘겼다. 내 몸의 조각이 몇 개쯤 부족한 기분이 들어도, 잃어버린 온기가 그리워서 눈물이 멈추지 않아도, 책은 느긋하게 생각할 만큼의 시간을 주었다.'

저자는 인생을 살아가는 모든 순간에 책을 붙들었고 치열하게 생각했다. 그렇다면 『독서 간주문』에서의 '간주'는 책과 삶을 연결하는 독서의 의미를 말하는 역할도 하지 않을까. 책을 통해 자기 삶을 생각하고 되새기고 느낀다. 이 행위 자체가 책을 읽은 감상이므로 간주문은 감상문으로 연결된다. 실제로 이 책은 저자의 삶을 잘 보여준다. 어떤 책을 읽고 어떤 행동을 하고 어떤 생각을 했는지를 조곤조곤 들려준다. 무라카미 하루키의 책을 읽고 위스키 애호가가 되고, 야마다 에이미의 책을 읽고 인터넷상에서 공격당했던 일을 떠올리고, 아이를 낳은 뒤의 경험과 느낌을 페미니즘 서적과 연결해 생각한다. 현학적인 표현으로 책을 분석하는 비평서가 아니라 삶과 책이 얼마나 친밀한지를 보여준다. 그래서 한 문장씩 글을 따라가다 보면 저자에게 일방적으로 친밀감을 느끼게 된다.

SEKAI NO OWARI는 우리나라에서도 인지도가 높다. 페스티벌까지 포함해 여러 번 내한 공연도 했다고 한다. 사실 나는 후지사키 사오리의 첫 소설 『쌍둥이』(현대문학, 2019)의 번역을 맡은 후에야 관심이 생겼는데, 신기하게도 밴드명과 유명한 몇 곡은 알고 있었다. 음악을 거의 듣지 않는 나도 알았으니 역시 인기 아티스트이다. 뒤늦게 그들의 세계를 안 내가 밴드에 대해 말하면 주제넘고 어지간한 정보는 인터넷상에 있지만, 그래도 인상적인 밴드명을 언급해보겠다.

초기 밴드명은 '世界の終わり'로, 세상의 끝이라는 뜻이다. 지금 쓰는 SEKAI NO OWARI는 일본어 발음을 그대로 쓴 것이다. 보통 '세카오와'라고 부른다. 밴드명인데 세상의 끝이라니 의외이고 가사도 희망적인 이야기가 많아 안 어울린다 싶은데, 초대 리더이자 보컬인 후카세가 ADHD, 폐쇄병동 입원, 폭력, 약 부작용 등을 겪고 절망했으나 음악과 곁을 지킨 동료들 덕분에 세상 끝에서 다시 시작해보겠다는 의미를 담아 지은 이름이라고 한다. 후카세가 겪은 절망과 밴드의 시작은 소설『쌍둥이』에도 나온다. 실화에 허구가 섞인 소설이니 100퍼센트 순도의 SEKAI NO OWARI 이야기라고 할 수는 없다. 어디까지 진실인지는 저자와 동료들만이 알 테지만, 그들의 이야기를 엿볼 수 있으니 혹시 이 책을 읽고 해당 소설과 SEKAI NO OWARI에 관심이 생긴 분이 계신다면 꼭 읽어보시기를!

이 책에도『쌍둥이』를 집필하는 이야기가 나온다. "사오리, 소설을 써봐." 후카세의 말 한마디로 저자는 5년간 치열하게 소설을 쓴다. 아티스트로 활동하느라 몸이 두 개라도 모자라게 바쁜데도 악몽 같은 집필 기간을 버텨 소설을 세상에 내보낸다. 후지사키 사오리의 열정이 담긴 그 소설을 우리말로 옮긴 데 이어 집필 심정을 담은 에세이 또한 번역하게 되어 번역가로서 기쁠 따름이다.

사담인데, 이 책의 한 장을 차지하는 미야시타 나츠의 『양과 강철의 숲』(위즈덤하우스, 2016)의 번역을 맡았다. 목차에서 제목을 보고 굉장히 반가웠다. 지금부터 번역할 독서 에세이에 예전에 번역한 책이 실리다니, 신기한 경험이었다. 게다가 피아니스트로서 살아가기 위해 소중한 것을 말하는 장, 말하자면 인생의 터닝포인트를 다루는 장이어서 더욱 기뻤다. 물론 저자가 번역서를 읽은 것은 아니니 기쁠 이유가 없지만, 번역가의 습성인지 인연 있는 책이 누군가의 머릿속에 짙은 자국을 남긴 것을 알면 뿌듯하다.

저자는 자기 자신을 뭘 해도 어중간하다고 평가한다. 아티스트로도 작가로도 눈부시게 활약하는 모습이 내 눈에는 세기의 천재처럼 보이는데, 스스로는 부족하다고 여긴다. 그래도 자책하고 좌절하는 것이 아니라 시간을 들여서 차근차근 하면 된다고 생각한다. 그런 자세가 나는 물론이고, 자신의 능력에 부족함과 목마름을 느끼는 사람들에게 힘을 주지 않을까. 앞으로 또 10시간, 100시간을 들이며 만들어나갈 후지사키 사오리의 음악과 글을 응원하고 싶다.

이소담

출처

책에 대해서 – 머리말을 대신해 새로 집필

강아지의 산책 《문학계》 2017년 10월 호
피부와 마음 《문학계》 2017년 7월 호
만약 우리의 언어가 위스키라고 한다면 《문학계》 2017년 4월 호
퍼레이드 《문학계》 2017년 6월 호
양과 강철의 숲 《문학계》 2017년 5월 호
편의점 인간 《문학계》 2017년 11월 호
임신 캘린더 《문학계》 2017년 12월 호
불꽃 《문학계》 2018년 1월 호
나는 공부를 못해 《문학계》 2018년 2월 호
사라바 《문학계》 2018년 3월 호
꽃벌레 《문학계》 2018년 4월 호
꿈의 무대, 부도칸 《문학계》 2018년 5월 호
시하가 있는 거리 《문학계》 2018년 6월 호
악동 일기 《문학계》 2018년 7월 호
텅 빈 병 《문학계》 2018년 8월 호
페미니즘 비평 《문학계》 2018년 9월 호

여름밤 새로 집필
혼자의 시간 새로 집필

JASRAC(일반사단법인 일본음악저작권 협회) 1812997-801

각 장에서 소개한 작품

※국내에 번역 출간된 작품의 경우 한국어판 서지정보를 함께 기재했다.

강아지의 산책 모리 에토, 『바람에 휘날리는 비닐 시트風に舞いあがるビニールシート』(분 슌문고); 김난주 옮김, 시공사, 2007

피부와 마음 다자이 오사무, 『여치きりぎりす』(신쵸문고)

만약 우리의 언어가 위스키라고 한다면 무라카미 하루키, 『만약 우리의 언어가 위 스키라고 한다면もし僕らのことばがウィスキーであったなら』(신쵸문고); 이윤정 옮김, 문학사상사, 2020 개정판

퍼레이드 요시다 슈이치, 『퍼레이드パレード』(겐토샤문고); 권남희 옮김, 은행나 무, 2005

양과 강철의 숲 미야시타 나츠, 『양과 강철의 숲羊と鋼の森』(분슌문고); 이소담 옮 김, 위즈덤하우스, 2016

편의점 인간 무라타 사야카, 『편의점 인간コンビニ人間』(분슌문고); 김석희 옮김, 살림, 2016

임신 캘린더 오가와 요코, 『임신 캘린더妊娠カレンダー』(분슌문고); 김난주 옮김, 현 대문학, 2015 개정판

불꽃 마타요시 나오키, 『불꽃火花』(분슌문고); 양윤옥 옮김, 소미미디어, 2016

나는 공부를 못해 야마다 에이미, 『나는 공부를 못해ぼくは勉強ができない』(신쵸문 고); 양억관 옮김, 작가정신, 2004 개정판

사라바 니시 가나코, 『사라바サラバ』(쇼가쿠칸문고); 송태욱 옮김, 은행나무, 2016

꽃벌레 아야세 마루, 『치자나무くちなし』(분게이슌주); 최고은 옮김, 현대문학, 2021

꿈의 무대, 부도칸 아사이 료, 『꿈의 무대, 부도칸武道館』(분슌문고); 권남희 옮김, 위즈덤하우스, 2019

시하가 있는 거리 야마모토 히로시, 『시하가 있는 거리詩羽のいる街』(가도카와 문고)

악동 일기 아고타 크리스토프, 호리 시게키 옮김, 『악동 일기悪童日記』(하야카와 epi문고); 『존재의 세 가지 거짓말』, 용경식 옮김, 까치, 2014 개정판

텅 빈 병 다와다 요코, 마쓰나가 미호 옮김, 「텅 빈 병空っぽの瓶」(《와세다문학 증 간 여성호》 2017년 여름호)

페미니즘 비평 오다 모토코, 『페미니즘 비평 : 이론가를 목표로フェミニズム批評―理 論家をめざして』(케이소쇼보)

독서 간주문

지은이 후지사키 사오리
옮긴이 이소담
펴낸이 김영정

초판 1쇄 펴낸날 2022년 7월 29일

펴낸곳 (주)현대문학
등록번호 제1-452호
주소 06532 서울시 서초구 신반포로 321(잠원동, 미래엔)
전화 02-2017-0280
팩스 02-516-5433
홈페이지 www.hdmh.co.kr

© 2022, 현대문학

ISBN 979-11-6790-115-6 03830